T0349056

Sueños cumplidos

MARIANA MILÁN BUENO

Sueños cumplidos

Primera edición: septiembre de 2024

Arcopress • Colección Desarrollo personal
Dirección editorial: Pilar Pimentel
Edición al cuidado de Rebeca Rueda
Diseño de cubierta: Fernando de Miguel

www.arcopress.com
pedidos@almuzaralibros.com - info@almuzaralibros.com

Editorial Almuzara
Parque Logístico de Córdoba. Ctra. Palma del Río, km 4.
C/8, nave L2, n.º 3, 14005, Córdoba.

Imprime: Gráficas La Paz
ISBN: 978-84-10521-82-7
Depósito legal: CO-1366-2024
Hecho e impreso en España - *Made and printed in Spain*

«Solo tienes que confiar en mí.
Te sorprenderá lo que puedo hacer por ti».

El Universo

Índice

«Al final he llegado a creer en algo que yo llamo la física de la búsqueda. Una fuerza de la naturaleza que se rige por leyes tan reales como la ley de la gravedad. La regla de la física de la búsqueda viene a decir algo así: Si tienes el valor de dejar atrás todo lo que te protege y te consuele, que puede ser tu casa o viejos rencores, y embarcarte en un viaje en busca de la verdad, ya sea interior o exterior. Si estás dispuesto a que todo lo que te pase en ese viaje te ilumine, y a que todo el que encuentres por el camino te enseñe algo. Y si estás preparado sobre todo para afrontar y perdonar algunas de las realidades muy duras de ti mismo. Entonces, la verdad no te será negada».

De la película *Come, reza, ama* (2010).

Me desperté, miré a mi alrededor y vi que estaba en la habitación de un hospital. Junto a mí estaba Pablo, mi marido, sentado y cogiéndome la mano.

—Hola, cariño —me dijo emocionado al ver que me despertaba—. ¡Pensé que te había perdido para siempre!

—¿Qué hago aquí? ¿Qué ha pasado? —pregunté.

—Cuando ayer volví a casa, te encontré llorando y fuera de ti. Solo conseguiste decirme que acababas de hablar con tu madre y que sentías una presión muy fuerte en el pecho. Intenté calmarte, pero, al ver que cada vez te ponías más nerviosa y empezabas a gritar, me asusté tanto que llamé a una ambulancia.

—No recuerdo nada —le dije totalmente perpleja por lo que me estaba contando.

—De camino al hospital —siguió relatando—, seguías fuera de ti y, antes de llegar, perdiste el conocimiento. Una vez aquí, te hicieron varias pruebas y el médico que te atendió me dijo que todo estaba bien, que solo se trataba de un ataque de ansiedad, y te suministró unos tranquilizantes. Pero, para quedarse más tranquilos, prefirieron dejarte toda la noche en observación y me permitieron quedarme contigo.

No comprendía cómo podía decirme que había llegado en ese estado cuando mi sensación física y anímica era tan buena. Me sentía muy relajada y con la impresión de haber dormido días, semanas o incluso meses. ¡Me sentía mejor que nunca!

—Pero —continuó—, a pesar de los tranquilizantes, te has pasado toda la noche hablando en sueños. A veces, entre sollozos y, otras, enfadada. Aunque, en ocasiones, también te oí reír.

—¿Y qué es lo que decía mientras soñaba? —le pregunté intrigada.

—Al principio nombraste a tu madre mientras llorabas desconsoladamente. Luego dijiste algo sobre que el Universo te ayudase, o algo así. También te oí mencionar a una persona llamada Marta y a un tal Charlie, creo, aunque no entendí muy bien lo que decías.

—No recuerdo nada —dije extrañada.

—Un enfermero estaba tan preocupado por ti que se ha pasado toda la noche entrando y saliendo para ver cómo estabas. Y después de vigilarte durante un rato, me decía lo mismo: «Todo está bien».

...

CAPÍTULO 1
El Universo

> «El Universo parece en verdad estar armado como una plataforma para la cristalización de nuestras aspiraciones más íntimas y profundas. Es un sistema dinámico impulsado por nada menos que el flujo constante de pequeños milagros. Pero hay una trampa: el Universo está armado para responder a nuestra conciencia, pero nos devolverá solo el nivel de calidad que pusimos en ella. Por lo tanto, el proceso de descubrir quiénes somos y para qué estamos aquí y de aprender a seguir las coincidencias misteriosas que pueden guiarnos depende, en gran medida, de nuestra capacidad para ser positivos y encontrar una perspectiva consoladora en todos los hechos».
>
> James Redfield, *La nueva visión espiritual.*

El Universo. Me gusta describirlo como el creador de bienestar; el amante de lo delicadamente perfecto; modelo de buen gusto y discreción; el único capaz de hacer realidad tus sueños con la perfección y elegancia que se espera de un gran maestro, y de forma totalmente exclusiva para ti.

A veces le pides algo y lo pone en tu camino como por arte de magia. Son como pequeños regalos que te hace para que te abras a su existencia. Aunque lo que más le satisface es cambiar la vida de las personas, y lo hace con un estilo tan impecable como sorprendente. Y es que es tan avanzado que sabe exactamente lo que tu vida necesita: sabe cómo piensas, cómo actúas, tus debilidades, tus virtudes, lo que te apasiona, lo que detestas, tus puntos fuertes, tus puntos flacos… Y es capaz de manejarte para que vivas determinadas experiencias que son necesarias para tu evolución personal, haciendo que tu vida sea más próspera en todo aquello que desees.

Sí, así es él.

El Universo que yo imagino trabaja rodeado de cientos de colaboradores con una estructura organizada por departamentos, donde diseña todos los planes para poder entregarte tus sueños. Primero, encontramos el Departamento de Diseño, donde se escriben los guiones y se diseñan los escenarios de cómo se ejecutará cada plan. Seguidamente, está el Departamento de Comunicación, que es el que se ocupa de buscar la mejor forma de hacer llegar los mensajes del Universo. Luego está el Departamento de Casting, que se encarga de seleccionar a los Mensajeros, es decir, a los «actores» que intervendrán en su desarrollo. A continuación, encontramos el Departamento de Sueños Realizables, donde se guardan todos los sueños que esperan el momento de ser cumplidos y los que el Universo pone en marcha cuando estás preparado y cuando menos lo esperas. Después, viene el más importante de todos: el Departamento de Sueños Cumplidos, que es el que organiza la última fase del plan, cuando se hace la entrega de un sueño. Y como ya he mencionado al principio, están sus colaboradores, es decir, los ayudantes del Universo, de entre los que destacamos a los Mensajeros Especializados, que son los encargados de realizar los trabajos de mayor complejidad dentro del plan. Y por último, la Dirección, que está a cargo del propio Universo.

Siempre que me siento perdida en un callejón sin salida, recurro a él para que me ayude a través de sus señales a encontrar respuestas; aunque, a veces, no es fácil deducir de sus mensajes qué es aquello de lo que me «habla».

La última vez que me ayudó fue cuando sufrí una pequeña depresión que se inició en mi lugar de trabajo. El estrés y la ansiedad se apoderaron de mí tan negativamente que terminé con una baja laboral de varios meses de duración. Tiempo que dediqué a hacer balance de todo lo sucedido y a darme cuenta de que la culpa de todas las situaciones negativas a las que me enfrenté durante el tiempo que sucedió todo fue debido a mi incapacidad para manejar las circunstancias de forma distinta a como lo había hecho.

Y es que no era la primera vez que me ocurría algo similar. Recordé otros trabajos, rodeada de otras personas y en circunstancias diferentes, y cómo el estrés y la frustración aparecían en cada uno de ellos sin remedio alguno. Era como si hubiese algo en mí que me impidiese actuar de una forma distinta a como lo hacía siempre y me acompañaba allá donde fuese, haciéndome volver a caer en los mismos errores una y otra vez.

Sin embargo, en esta ocasión, poner distancia me ayudó a hacerme consciente de que el cambio que yo buscaba no consistía en probar con un nuevo trabajo, sino en corregir algunos aspectos en mí, como aprender a poner límites y a decir «No», para así dejar de satisfacer constantemente las necesidades de los demás en perjuicio de las mías y de responsabilizarme de aquello que no me correspondía. Debía aprender a tomarme las cosas con calma y, sobre todo, a no echar la culpa a los demás de lo que me sucedía.

Y pese a que en aquella época no fui en busca de la ayuda del Universo para que me ayudase a salir de la situación en la que me encontraba, supe que me había estado vigilando de cerca. Pues, mucho antes de que se desmoronase todo a mi alrededor, percibí cómo algunas de sus acostumbradas señales se hacían visibles a mi paso con la intención de hacerme consciente de que debía producirse un cambio en mí, a través de mensajes escritos como «Cambia» y «Verás la vida de otro color», que extraje de la publicidad del escaparate de un banco por el que pasaba todas las mañanas al ir a trabajar. Y aunque al principio no entendía que el cambio del que me hablaba se refería a un cambio en mí y no a un cambio de casa, de trabajo o de vestido, después de que transcurriera todo, lo comprendí.

Una vez superada esa época tan difícil como llena de aprendizaje, intenté reprogramar mi mente tomando buena nota de todas esas realidades que había descubierto sobre mí misma, montando guardia para que mi mente no volviese a recuperar sus malos hábitos, a fin de evitar repetir los mismos errores en el futuro. Y así fue como, después de un pequeño pero importante cambio en mí, pude ver la vida de otro color, tal y como me había dicho el Universo a través de sus mensajes.

Sí, el mundo parecía diferente a como lo había estado viendo hasta entonces, y el nuevo camino se volvía más transitable gracias a la serenidad y a la confianza, que se aliaron conmigo para ayudarme a proseguir con mi vida.

Sin embargo, aproximadamente dos años más tarde, comencé a sentir los mismos síntomas que creía haber superado para siempre: la rabia, la inseguridad, la queja constante… Busqué respuestas hasta el punto de volverme loca, sin conseguirlas. Me decía a mí misma: «Pero ¿qué me ocurre ahora? ¿Por qué vuelvo a sentirme así?».

Tenía 38 años y estaba felizmente casada. Había conocido a Pablo en un momento en el que disfrutaba plenamente de mi vida, sin la necesidad de tener a un hombre a mi lado para ser feliz. Algo que logré no sin la inestimable ayuda del Universo, que no cejó en su empeño de enviarme tantos «novios a la fuga» como creyó necesarios, hasta que lo comprendí. Y cuando consideró que había llegado la hora, puso en mi camino al hombre que me demostraría el amor verdadero, ese que encajaría a la perfección con mis nuevos sentimientos.

Nunca olvidaré el día que lo conocí. Había venido al despacho de abogados en el que yo trabajaba como secretaria de Dirección en busca de asesoramiento legal para su empresa. Aún recuerdo la primera impresión que tuve de él cuando lo vi: apuesto, seguro de sí mismo, educado, inteligente, respetuoso, sencillo... Un verdadero caballero con el que acabé casándome dos años más tarde.

Estábamos muy enamorados. Vivíamos en una casita cerca de la playa y viajábamos por todo el mundo. Teníamos una vida perfecta. Sin embargo, mis continuos altibajos no me permitían disfrutar de una vida plena. No comprendía qué era exactamente lo que me ocurría, pero lo que sí sabía, sin lugar a dudas, es que necesitaba respuestas. Así que hice lo que sabía que me daría el mejor resultado: pedir ayuda urgente al Universo. Solo él sería capaz de conducirme hasta descubrir qué era aquello que me impedía tener una vida emocionalmente estable.

—Señor Universo —dijo Charlie, su colaborador en prácticas—, Norma acaba de pedir ayuda urgente.

—Sí, ya la he oído. Ya sabía que su felicidad sería pasajera. Se pasa la vida buscándola y, cuando la encuentra, se queda con ella durante un tiempo, pero se le vuelve a escapar sin que pueda hacer nada por remediarlo. Sale nuevamente en su búsqueda, vuelve a encontrarla y, cuando piensa que se quedará para siempre a su lado, halla otro modo de escaparse.

—Pero ¿por qué? Creía que el último plan que ideó para ella había sido muy eficaz y que, por fin, se sentiría feliz en todas las áreas de su vida...

—Esa pequeña transformación que logró hacer fue muy efectiva, pues consiguió darse cuenta de que debía cambiar algunos aspectos de sí mima si quería que su relación con el trabajo fuese más satisfactoria. Y, gracias a ello, adquirió una buena dosis de serenidad en su caos emocional.

—Entonces, ¿por qué vuelve a sentirse así?

—Lo que ocurre es que la mente es de costumbres y hay que ir educándola de forma constante, creando los mecanismos necesarios para que vaya haciendo las cosas de forma distinta a como las ha hecho siempre. Y no es un trabajo fácil. Hay cosas muy importantes que aún no ha resuelto, que están muy arraigadas en su interior.

—¿Y cómo va a resolverlas?

—Descubriendo lo que su pasado hizo con ella, que es lo que marcó su carácter, su manera de pensar, su forma de comportarse, es decir, todo lo que le impide conseguir tener esa felicidad con la que tanto sueña.

—La felicidad... ¡Qué equivocada está la gente al respecto!, ¿verdad, señor Universo?

—Así es. Hay gente que piensa que la verdadera felicidad se encuentra en poseer millones de euros en el banco para poder tener el coche más caro, la casa más grande e infinidad de cosas materiales. Sin embargo, nada de eso da la verdadera felicidad. Eso solo aporta momentos felices, pues, una vez conseguido su propósito, estas personas vuelven a sentirse vacías y quieren más. Por eso sueñan con alcanzar todo tipo de cosas materiales, desde las más absurdas a las más inaccesibles. Y aunque siempre habrá gente que se engañe pensando que la felicidad se obtiene por ese lado, te digo que lo único que otorga la verdadera felicidad es descubrir quién eres. Esa será la mayor gratificación que experimentarás jamás.

—Y trabajar para eliminar aquello que te limita, potenciando tus cualidades —añadió Charlie.

—Así es. Y no se trata de convertirte en otra persona, sino de mejorar lo que ya eres.

—El problema, señor Universo, es que no todo el mundo cree que trabajando el interior puedan llegar a sentirse más plenos.

—Lo sé, Charlie, pero, si no miras dentro de ti y te preguntas si puede haber algo que pueda estar limitando tu avance, y no trabajas para mejorarlo, difícilmente consigas tus objetivos, sean del tipo que sean. Sin embargo, si estás dispuesto a hacer ese trabajo y te dejas guiar por todas las señales que vaya poniendo en tu camino conduciéndote hacia aquello que debes comprender, se abrirá ante ti el mayor de los regalos: la posibilidad de reescribir tu vida.

—Las señales… ¡Si supieran lo que somos capaces de hacer con ellas! —dijo riendo.

—Por cierto, háblame de las más habituales y de cómo pueden presentarse. Lo tratamos en la primera clase...

—¡Ahora mismo! De forma escrita, mediante letreros publicitarios, libros, revistas de cualquier género, prensa... De todos ellos podrán extraer una palabra o una frase que coincidirá con aquello que necesitan oír. También mediante la aparición de los Mensajeros, que es el término que se utiliza para designar a las personas que aparecerán en sus vidas con la respuesta a sus preguntas, dando orientación, apoyo emocional o prestando cualquier tipo de ayuda. Podrán ser amigos, familiares, personas conocidas o totalmente desconocidas, que pronunciarán ese tipo de palabras de las que jamás podrán desprenderse, pues se les clavarán en su cerebro como nunca lo habían hecho hasta entonces. Serán como actores de teatro que entrarán en escena justo en el momento en el que les toque hacer su papel y desaparecerán una vez hayan terminado su actuación. Podrán tener grandes papeles, interpretar roles secundarios o hacer de simples figurantes. Y como si saliera del mejor de los guiones, incluso a través de la conversación privada que pudieran mantener unos desconocidos, podrían recibir un valioso mensaje.

—Y no olvides que esos Mensajeros podrán actuar de forma dolorosa con la intención de hacerles reaccionar en algún aspecto, para ayudarles a proseguir positivamente con sus vidas.

—Claro, señor Universo.

—Pero hay más tipos de señales que pueden transmitir información. ¿Cuáles son? —le preguntó el Universo para seguir averiguando el alcance de sus conocimientos teóricos.

—Pues a través de una intuición repentina, los animales, los números repetitivos, la música, las películas, medios de comunicación como la radio o la televisión... Podría ocurrir que una canción, una película o el programa que estuviesen emitiendo en ese momento hablasen sobre aquello que les estuviese sucediendo y los ayuden a tomar decisiones importantes.

—Charlie, esos modos de transmitir mensajes son los más habituales, pero hay infinidad de formas de comunicarme con la gente, como, por ejemplo, mediante los sueños. Recuerda que a través de ellos también pueden presentarse mensajes que advierten a las personas que deberían prestar atención a una situación particular de sus vidas.

—Por supuesto. ¿Y qué podría ocurrir si deciden no seguir las señales que usted ha colocado en su camino mientras intentan conseguir sus objetivos?

—Lamentablemente, los planes que se han puesto en marcha no se interrumpen nunca, ocurra lo que ocurra. En ese caso, junto con el Equipo de Diseño, reescribiríamos el guion y rediseñaríamos los escenarios para volverlos a enfrentar a las mismas situaciones tantas veces como sean necesarias.

—Sí, pero existe el libre albedrío, y es posible que no consiga transformar la vida de las personas si ellas no quieren.

—Por desgracia, así es... Yo solo soy un guía, pero la decisión de realizar cambios o no solo dependerá de ellos.

—Y en el caso de Norma, ¿cómo la va a ayudar? Por lo que sé de ella, lo que más desearía es sentir el amor que no ha sentido nunca de su madre, conseguir esa estabilidad interna que no acaba de encontrar por sí misma y hacer realidad su sueño de convertirse en escritora. Ya sabe lo que le apasiona escribir...

—Pues si todo sale según lo que tengo planeado, lo conseguirá todo y por ese mismo orden. Primero, ordenaremos su mente y, a medida que vaya sucediendo, irá adquiriendo la confianza necesaria para escribir sin miedo y lograr sacar lo mejor de sí misma.

—¿Y qué tipo de plan ha ideado para ella?

—Utilizaremos el Plan de las Emociones Ocultas. Necesito que indague en su subconsciente para que destape algunos acontecimientos de su pasado, pues son los responsables de su forma de ver la vida, de su manera de comportarse y de lo que ella cree sobre sí misma. Es decir, de la persona en la que se ha convertido.

—¡Pero, señor Universo, tengo entendido que ese plan es muy duro y solo se puede llevar a cabo con las personas que están preparadas para una transformación interior radical!

—Norma lo está, créeme. Y aunque es uno de los trabajos más difíciles a los que se tendrá que enfrentar, también será uno de los más gratificantes, pues es el que la llevará a convertirse en quien siempre quiso ser: una persona con armonía y segura de sí misma, alguien que sabe valorarse y, lo más importante, que se quiere ante todo.

—Así que, por lo que veo, con este plan no va a ir con sutilezas...

—¡En absoluto! El camino será largo y duro, pero hay que ir a por todas.

—¿Y con qué herramientas contará?

—Utilizaremos cualquier tipo de señal que consideremos oportuno ir poniendo en su camino para hacerla reflexionar (Mensajeros, libros, sueños...), aunque el papel más importante del plan estará reservado, en exclusiva, para uno de nuestros Mensajeros Especializados. Ya sabes la gran labor que hace nuestro Equipo Especializado.

—Lo sé, lo sé... Su trabajo requiere de una gran preparación, han de ser audaces, tener una gran capacidad de observación, concentración, precisión, discreción, y deben estar dispuestos a exponerse a un cierto riesgo si el plan lo requiere. Son como «agentes encubiertos» afiliados al SSU, el Servicio Secreto del Universo —dijo, dejando volar su imaginación.

—Podríamos denominarlos así —sugirió riendo.

—¿Y cuánto durará?

—He previsto un tiempo máximo de un año. No obstante, como cada persona tiene su propio ritmo, dependerá de lo que se implique en él, de si se deja llevar por los acontecimientos o, por el contrario, opone resistencias.

—Señor Universo, usted explicaba en clase que el mayor porcentaje de éxito a la hora de descifrar las señales se produce cuando las personas las piden para dar respuesta a sus inquietudes.

—Así es. Cuando pongo señales en el camino de las personas sin que estas las hayan pedido previamente, la mayoría las toman como simples coincidencias y las ignoran. Otras, aunque son más receptivas, dudan y no les prestan atención. En cambio, cuando me piden ayuda, como en el caso de Norma, están a la espera de que la señal haga su aparición trayendo consigo la respuesta a sus preguntas. Y esto ayuda a que el plan se lleve a cabo con mayor probabilidad de éxito, y en el menor tiempo posible.

—Y nada será casualidad, ¿verdad? Las piezas del puzle acabarán encajando a la perfección.

—Exacto. Una vez haya concluido el proceso, nunca más volverá a ser como antes, afortunadamente. Sus viejos pensamientos y sus creencias erróneas habrán desaparecido. Y lo más importante: se dará cuenta de que la felicidad se encuentra consiguiendo el éxito interno, no el externo.

—Pero, señor Universo, yo creía que eso ella ya lo sabía —dijo extrañado.

—Norma sabe la teoría sobre dónde se encuentra la felicidad. Es decir, su parte consciente se esfuerza en ir en su búsqueda a través de la armonía interna. Y la otra, la subconsciente, la arrastra sin cesar hacia el lado equivocado, aunque, por suerte, eso cambiará y, como tú mismo irás comprobando, el plan se adaptará perfectamente a sus circunstancias, acentuará sus cualidades y hará maravillas en ella.

—¡Qué emoción! ¡Tengo tantas ganas de aprender de usted! Porque..., no sé si lo sabe, pero mi gran sueño es poder formar parte de su Equipo Especializado algún día.

—Así que no te conformarás con ocupar un puesto entre los miembros de mi Equipo de Colaboradores, sino que quieres llegar a convertirte en un Mensajero Especializado. ¡Veo que te gustan los grandes retos!

—Sí... Bueno... Ser parte de su Equipo de Colaboradores me gustaría mucho, claro, pero la función que ejerce un Mensajero Especializado me parece mucho más emocionante, cercana y gratificante.

—Muy bien, pues esta puede ser una buena oportunidad para hacer valer todos tus conocimientos y demostrarme cómo te desenvuelves. Eso sí, te advierto que solo me quedaré con los mejores aspirantes de cada curso.

—Estoy deseando empezar... —dijo emocionado.

—Entonces, pongámonos en marcha con el plan. Comenzaremos creando una cadena de coincidencias que la conducirán a empezar a tomar conciencia de lo que le ocurre. Observa bien y no te despistes ni un segundo porque no podemos fallar.

CAPÍTULO 2

El Plan de las Emociones Ocultas

Era viernes y el día se iba a presentar largo e intenso. Después de llevar, aproximadamente, una hora trabajando, mi responsable vino a verme a mi despacho para encargarme un tema urgente que debía estar listo para antes del mediodía. Y de paso, «entregarme» un valioso mensaje que no me pasaría desapercibido.

Como estaba empezando a tener mucha carga de trabajo, le dije a regañadientes que sí, acompañada de la Queja, una «vieja amiga» que volvía a hacer su aparición en escena después de un tiempo «fuera de casa». Al oír mi lamento, me dijo: «¡Siempre te estás quejando!». Una frase que ya me habían dicho en el pasado y, desgraciadamente, volvía a presentarse ante mí, en otro contexto y a través de otro «actor».

—Ha vuelto porque aún no has resuelto ciertos aspectos negativos que están muy arraigados dentro de ti —me dijo el Universo.

—¡Hola, Universo! ¡Cuánto tiempo! Veo que recibiste mi petición de ayuda...

—Por supuesto. Ya sabes que siempre acudo cuando me necesitas. ¿Qué te ocurre esta vez? —me preguntó.

—No lo sé exactamente —le dije preocupada—. Mi vida, aparentemente, es perfecta. Sin embargo, desde hace varias semanas, he vuelto a caer en las garras de la queja constante, y tengo la sensación de que mi mundo interno se derrumba de nuevo.

—Norma, protestas constantemente porque te sientes insatisfecha y utilizas la queja de forma inconsciente como un mecanismo de manipulación para atraer la atención de los demás, haciéndote la víctima. Eso es algo que, al final, se convierte en una trampa que acaba desgastándote, no solo a ti, sino a todas las personas que tienes a tu alrededor. Y la queja no es un «accesorio» indispensable en tu vida. No puede ser que te quejes por todo: por tu trabajo, tus amigos, tu familia, los vecinos... ¿Acaso cambia algo cuando lo haces? No, nunca cambia nada cuando te quejas; sin embargo, te debilita y acabas acumulando estrés.

—Lo sé, pero no puedo evitarlo...

—Si piensas un poco, te darás cuenta de que en casa siempre fuisteis cuatro: tu padre, tu madre, tú y la señorita Queja como invitada especial. Y es que tu madre siempre se quejaba por todo y, por desgracia, lo sigue haciendo.

—Es cierto, no había caído en ello...

—Lamentablemente, lo aprendiste de ella, porque los niños imitan a los padres y al resto de familiares con los que conviven: sus modales, sus gestos, sus frases... Tanto los malos como los buenos hábitos.

—Claro, tiene sentido.

—Disculpa, Norma —le dijo interrumpiéndola—, pero, antes de continuar, me gustaría presentarte a mi colaborador en prácticas. Se llama Charlie y va a estar a mi lado durante todo tu plan como parte de su formación, por lo que dejaré que intervenga de vez en cuando para que me ayude.

—Hola, Charlie.

—Hola, Norma.

—Por favor, Charlie, ¿cómo le describirías a Norma su queja constante?

—Humm... Sí... La queja... Dícese de ese otro miembro de la familia que, aunque no lo ves, no deja de dar la lata. Y que, a pesar de que no te gusta nada compartir comidas ni cenas familiares con ella, te niegas a dejarla marchar porque habéis crecido juntas y te sientes en la obligación de dejarle un espacio en tu vida para que no se sienta rechazada.

—Gracias, Charlie —dijo sonriendo por su curiosa descripción—. Entonces, Norma —continuó—, vamos a tener que hacer algo para que te deshagas de ella definitivamente, ¿no te parece?

—Sí, voy a tener una conversación con ella ahora mismo y a reservarle un billete de ida hacia el país de Nunca Jamás.

—No pierdas el tiempo, no vas a deshacerte de ella tan fácilmente.

—Entonces, ¿cómo lo conseguiré?

—Lo harás poco a poco, y a medida que vayas resolviendo algunos aspectos internos que no te dejan ser feliz. Y solo cuando compruebes que no puedes permanecer cerca de la gente que se queja constantemente por todo, será la señal de que, verdaderamente, se habrá marchado de tu vida para siempre.

«Un gran descubrimiento para empezar el día», pensé, pues, siendo consciente de que el motivo de mi queja constante era una insatisfacción no resuelta que podría superar, se abría ante mí un nuevo mundo lleno de esperanzas.

—Señor Universo —dijo Charlie—, parece que ha empezado bien el plan, ¿verdad?

—Así es, aunque la queja solo es uno de los problemas que resolverá a medida que se vaya desarrollando. Ahora vamos a tocar su falta de autoestima, para que vaya dándose cuenta de que debe trabajar en ella. Debe aprender a valorarse, con sus defectos y sus virtudes. Aunquc este tema lo trataremos en profundidad más adelante. Ahora solo quiero que se conciencie de ese problema que tiene. ¡Observa y verás cómo se ha diseñado ese momento!

A media mañana, salí a desayunar con una compañera de trabajo y le hablé de Valentina, o Valentine, como le gustaba que la llamasen. Una amiga de la infancia con la que no mantenía una buena relación desde hacía tiempo. Le expliqué lo difícil que me resultaba estar cerca de ella, pues tenía un carácter que me alteraba considerablemente. Era una persona alegre, extrovertida, segura de sí misma, con una gran capacidad para cuidarse y para tomarse las cosas con calma, así como una habilidad innata para decir «No».

Después de escucharme con atención, inesperadamente me dijo: «Piensa qué tienes que aprender de ella».

Si no hubiese estado familiarizada con los mensajes del Universo, la frase me hubiese pasado completamente desapercibida y le hubiese contestado algo así como: «¿Yo? ¿Aprender de esa?». Sin embargo, me quedé muy pensativa.

—¿Qué te ha parecido, Charlie? —le preguntó el Universo.

—Ha sido un Mensajero muy hábil con su respuesta.

—Sí, y mucho. Ahora, observa bien lo que va a ocurrir con el segundo Mensajero que le hemos preparado para hoy…

Al salir de trabajar, acudí al centro de estética propiedad de mi amiga Ella. Nada mejor que un buen tratamiento de belleza para terminar bien el día.

—Hola, Norma, ¿qué tal te encuentras? —me dijo, a la vez que me abrazaba.

—Muy bien —contesté.

—No es cierto —dijo para mi sorpresa—, tus ojos me dicen lo contrario. Estás igual que la última vez que nos vimos, hace algunos meses. Por favor, túmbate en la camilla.

Y en lugar de iniciar mi ansiado tratamiento de belleza, se preparó un café y se sentó en una silla junto a mí.

—Cuéntame, ¿qué te ocurre?

—Bueno, si te soy sincera, no lo sé exactamente. Lo único que sí sé es que hace tiempo que me miro al espejo y no me gusto.

—Nada de lo que hagas hará efecto en ti si no te quieres. ¡Mírate! Tu mirada es triste y hace tiempo que yo tampoco te reconozco. ¡Pero si lo tienes todo para ser feliz! Tienes un marido encantador que te ama incondicionalmente, grandes amigos, un trabajo estable, una casa preciosa, viajas por todo el mundo… ¡Eres realmente afortunada! Así que, sinceramente, creo que lo que te ocurre es eso, que no te quieres lo suficiente. Y debes comenzar a hacer algo al respecto ¡porque te lo mereces!

No supe qué decir. Me levanté de la camilla totalmente decaída y me marché de allí. Dos menciones en un mismo día que tenían que ver con mi falta de autoestima no podían ser una simple coincidencia, sino la señal de que debía resolver ese tema. Ahora lo veía claro.

—¿Has tenido suficiente o prefieres que te siga enviando mensajes? —me dijo el Universo nada más salir de allí.

—Lo he entendido, alto y claro. ¡Jolines, qué machaque emocional! ¡Qué dolor de cabeza más tremendo! ¡Vaya día que llevas con tus mensajitos!

—¿Entiendes ahora por qué Valentine está siempre presente en tu mente, a pesar de no tener relación con ella, y por qué trastoca tanto tu interior con su forma de ser? Porque ella se quiere ante todo y tú no. Y quererse es una virtud, ¿lo sabías?

—Sí, lo sé. ¡Demasiado bien! ¡Es lo que llamo la «chica yoyó»! ¡Antes yo y después yo!

—Norma, no estamos aquí para hablar de grados de amor hacia uno mismo, sino para que te des cuenta de que debes resolver esa falta de amor que tienes hacia tu persona.

—Perdona, tienes razón. Mi falta de autoestima me ha llevado siempre a pensar que la gente que la tiene es egoísta.

—Un exceso de autoestima, efectivamente, puede convertirte en un ser egocéntrico, pero una baja autoestima te impide obtener el tipo de confianza que necesitas para lograr tus objetivos. Todos los extremos son negativos. Por ello, es importante encontrar el equilibrio.

—Pero ¿por qué actúo así? —pregunté.

—Tu incapacidad para quererte viene de ese hogar en el que creciste, lleno de insatisfacciones, frustraciones, ira, depresiones... ¿Cómo ibas a quererte en un ambiente donde lo que menos rondaba era la felicidad y el amor? ¡Es normal que hayas crecido con unas emociones tan inestables! ¿Lo entiendes?

—¿Y cómo voy a conseguir cambiar unas costumbres que me han acompañado toda la vida?

—Transformándote. Hasta ahora lo has hecho lo mejor que has sabido, con toda la información que tenías sobre ti misma, pero ha llegado la hora de empezar a superar tus limitaciones. Por lo tanto, deja ya de ser una esclava de tu pasado y llena tu vida con las mejores tendencias del futuro: nuevos pensamientos, nuevas creencias, serenidad, armonía...

Luego se dirigió a su «chico de prácticas» y le dijo:

—Charlie, ¿qué le dirías a Norma al respecto de lo que hemos estado hablando?

—Pues..., a ver..., el otro día estaba leyendo un libro de Louise L. Hay, titulado *El poder está dentro de ti,* que explicaba algo acorde con lo que acaba de transmitirle —declaró mientras lo hojeaba—. Decía así: «Si elegimos vivir en el pasado y recordar continuamente todas las condiciones y situaciones negativas que hemos experimentado, entonces nos estancaremos, nos atascaremos. Si tomamos la decisión consciente de no ser víctimas del pasado y de hacer que nuestra tarea primordial sea crearnos una nueva vida, contaremos con el apoyo de este poder interior y empezaremos a tener experiencias nuevas y felices».

—Muy bien, muchas gracias. Entonces —dijo, dirigiéndose nuevamente a mí—, ahora que sabes que todo lo que te ocurre a nivel emocional está relacionado directamente con tu pasado, empieza a trabajar todos esos aspectos tan negativos que te han estado acompañando toda tu vida. Y eso incluye «perdonar» a Valentine. En cuanto lo hagas, no solo dejará de alterar tu interior, sino que conseguirás que desaparezca de tu mente para siempre.

—¡Pues, por mí, ya puede desaparecer ahora mismo! —dije enfadada.

—No deberías enfadarte, sino darle las gracias, ya que su función como amiga fue la de reflejar en ti tus propias carencias y que aprendieses de ella.

—¡Que le dé las gracias! ¡No, si al final acabaremos siendo amigas *forever*!

—Norma… —dijo en tono tranquilizador.

—Mira, Universo —le dije interrumpiéndolo—, entiendo que pudo haberme hecho de Mensajero durante toda nuestra relación para ayudarme a hacerme consciente de mis carencias y todo eso, pero también me hizo daño intencionadamente en numerosas ocasiones con su comportamiento. Por lo que, respecto a perdonarla, ya puedes quedarte sentado. Lo lamento, pero no puedo forzar algo que no siento —dije rotunda.

—Señor Universo —le dijo Charlie al oído—, parece que no quiere ni oír hablar del perdón.

—Sí, lo sé. Voy a insistir…

—Norma, la culpa fue tuya. Dejaste que te hiciera daño —me recriminó.

—¿Que yo la dejé? —dije sorprendida por lo que me acababa de decir.

—¡Por supuesto! Porque nunca pones límites. Y todas las personas actúan de acuerdo a sus creencias. Y por mucho que intentes que cambien los demás y que te traten como tú quieres que lo hagan, no solo no lo conseguirás nunca, sino que acabarás frustrada.

—¡Que te he dicho que no la voy a perdonar! Por favor, no insistas.

—Norma, el rencor debilita emocionalmente y no deja evolucionar. Y si no lo haces, no conseguirás proseguir con tu vida positivamente.

—¡No es no! —dije tajante.

—Sé que perdonar los errores de los demás no es algo que se pueda hacer así sin más, pues has de sentirlo, como bien dices. Pero, si te resistes a hacerlo, el resentimiento te «hablará» a través de tu cuerpo, provocándote más dolor. Y, al final, solo te quedará aceptar y perdonar como vía de escape.

—No entiendo a qué te refieres con que mi cuerpo me «hablará».

—¡Ya lo entenderás!

Algo más tarde…

—Señor Universo —dijo Charlie—, he visto que Norma tiene en su casa un libro de Juan Manzanera que nunca ha leído, y he pensado que sería el momento oportuno para hacerlo. Podría ayudarle a enfrentarse al tema del perdón.

—Pues sí, sería una buena idea, visto lo visto, aunque no sé cómo lo vas a conseguir, porque se ha cerrado en banda. De todas formas, inténtalo, no perdemos nada.

Unos días más tarde, llegué a casa después de trabajar y fui directamente al despacho a dejar unos libros que acababa de comprar. Nada más entrar, algo me hizo fijar la mirada en un libro de Juan Manzanera que había en una de las estanterías, titulado *El hallazgo de la serenidad*. Me lo habían regalado hacía mucho tiempo, pero nunca lo había leído. Estaba completamente segura de que lo había dejado en una estantería fuera de mi alcance, junto a otros que sí había leído; pero, por algún motivo que desconocía, lo tenía justo delante de mis narices. «¡Qué extraño!», pensé. Me imaginaba al libro saliendo de la estantería, tratando de hacerse hueco entre los otros libros, diciendo: «¡Por favor, dejadme pasar, que tengo que salir de aquí!», saltando de un sitio a otro y colocándose en un lugar donde fuese lo primero que viese nada más entrar en la habitación. Decidí cogerlo y, al hacerlo, se abrió en la página 48. Luego, fijé mi mirada en el siguiente párrafo:

Muchas veces nos paralizan la crueldad y el egoísmo, y nos resulta imposible perdonar a ciertas personas y mucho más amarlas. Fijamos la atención en su comportamiento y en el daño que nos hacen o nos hicieron, y nos cerramos a todo lo demás. Recordar la naturaleza última abre el camino para sanar nuestro odio y nuestros rencores. Tal vez hayamos elegido el camino del odio, quizá prefiramos seguir enojados, pero más tarde o más temprano veremos cómo eso nos limita, nos confunde y nos inmoviliza. El resentimiento no deja crecer, embota y aniquila cualquier posibilidad de paz interior. De modo que un buen recurso para salir de ello es vislumbrar que tras el comportamiento, el carácter, el personaje y sus acciones, hay esencialmente un ser pleno. Esto abre las puertas a la entrada del amor, una cualidad imprescindible en todo camino hacia una mayor conciencia.

—No lo leíste antes —me dijo entonces el Universo— porque no estabas en el mejor momento para entender y aceptar todas y cada una de las palabras que leerías en él. Pero, ahora, sí. Por eso te has sentido atraída por él.

—Te encantará —dijo Charlie—. Entre sus páginas encontrarás respuestas y mecanismos para poder trabajar tu yo interior.

No dejaba de sorprenderme que todo ocurriese justo en el preciso momento en que lo necesitaba.

—Norma —continuó el Universo—, próximamente te seguirán sucediendo acontecimientos que te ayudarán a comprender más cosas sobre ti misma.

Así que es muy importante que mantengas la guardia y prestes atención a todo lo que ocurra a tu alrededor, es decir, a todas las señales que pondré a tu paso y que te ayudarán a encontrar ese equilibrio interno que tanto deseas. No olvides que estás en el camino que te llevará al éxito y que todo, absolutamente todo, estará perfectamente planeado para que así ocurra.

—Creo que ahora comprendo un mensaje por el que me he sentido atraída últimamente, que decía: «Se avecinan cambios en los próximos días». Imagino que te referías con él a esos pequeños reajustes internos que estoy empezando a realizar desde la primera vez que hablamos, ¿verdad?

—Así es.

—Pensé que se trataba de otra cosa…

—Sé a qué te refieres… Recuerda tener precaución con los mensajes y no los interpretes a tu conveniencia.

—Es que, en ocasiones, no puedo evitar ver solo lo que quiero ver…

—Lo sé. Pero, si te obsesionas con la búsqueda de respuestas a tus inquietudes, puedes cometer errores. Ya sabes que, siempre que me pides ayuda, te respondo. Y aunque a veces creas que tardo demasiado en hacerlo, ese tiempo de espera significa que hay un trabajo tuyo que hacer antes de que yo intervenga de nuevo.

—Lo tendré en cuenta. Muchas gracias, Universo.

—Charlie, ¿qué has aprendido de lo que ha ocurrido hasta ahora con el plan de Norma? —le preguntó el Universo.

—Bueno..., yo... La verdad es que, a pesar de que todo está saliendo según lo previsto, más que enviarle Mensajeros para concienciarla de algunas de sus creencias negativas, quizá hubiese optado por crear una situación que le hiciese quedarse una temporadita en casa para que meditase sobre lo que le ocurría.

—El Plan de la Retirada para la Meditación al que te refieres ya lo usamos con ella cuando se sintió sobrepasada por su trabajo hace dos años, y decidimos que debía tomarse un tiempo alejada de él. Es un plan que se utiliza para que la persona analice sus problemas con perspectiva, sobre cuestiones que puede resolver por sí misma.

—Lo sé, pero pensé que, como había funcionado muy bien, habría sido una buena idea volver a usarlo en esta ocasión.

—Verás, a medida que se van produciendo cambios en las personas, se va reescribiendo el guion de su vida, por lo que su nivel de evolución es diferente. Y el plan que ha funcionado antes no tiene por qué funcionar ahora. Y lo que le sirve a una persona no tiene por qué ser útil para otra. Con el Plan de las Emociones Ocultas tratamos de indagar en el subconsciente, y eso es algo que ella no podrá hacer sola. Por eso he incluido en él a una terapeuta, quien, más adelante, le ayudará a destapar todo aquello que sigue oculto en su interior. ¿Lo entiendes?

—Perfectamente, señor Universo.

—Bien. Por cierto, ¿cómo llevas los estudios? El otro día estabas viendo un reportaje instructor muy interesante sobre unas modelos que llevaban alas en sus desfiles —dijo con ironía.

—Son las chicas de Victoria's Secret, señor Universo —contestó con inocencia—. Ahora mismo iba a ponerme a ver otro. La verdad es que los reportajes instructores ayudan a dar ideas para crear planes...

—Charlie, que yo sepa, los desfiles de modelos no están incluidos en el programa de estudios de los aspirantes a formar parte de mi Equipo de Colaboradores...

—¡Es que llevan unas alas tan bonitas! —murmuró en voz baja.

—¿No crees que deberías dedicar tu tiempo de estudio a cosas más educativas?

—Lástima que ya no hagan más desfiles... —siguió murmurando.

—Charlie, ¿me estás escuchando? —le cuestionó el Universo alzando su voz.

—¿Qué decía, señor Universo?

—Nada, nada, ¡déjalo! —le dijo moviendo la cabeza de un lado a otro.

CAPÍTULO 3

Persiguiendo un sueño

Después de reincorporarme de la baja laboral que me había mantenido durante varios meses alejada de mi estresante trabajo, aprecié un cambio en mí y comencé a pensar en hacer algo diferente a lo que había hecho hasta entonces.

A pesar de que siempre me había gustado lo que hacía, no me sentía orgullosa de mi trayectoria profesional. Y si pretendía pasearme algún día por la alfombra roja en busca de un Oscar, de esa forma jamás lo conseguiría. Y no se trataba de un ascenso ni de cambiar de trabajo para volver a hacer lo mismo en otro escenario y con otros «actores», sino de llevar a cabo algo diferente, algo grande que llenase mi vida de ilusión. Quizá tenía algún talento que desconocía y podría encontrar en él mi verdadera vocación profesional.

Pero, como no sabía qué hacer, lo dejé en manos de un gran seductor: el Universo. Así pues, un día le pedí que pusiese en mi vida un proyecto que encajase a la perfección con mis conocimientos y capacidades.

Y, sorprendentemente, unos días más tarde, una amiga me dejó un libro que acababa de leer de Albert Espinosa titulado *El mundo amarillo: Si crees en los sueños, ellos se crearán,* que creía que me podría gustar. En la contraportada decía lo siguiente:

> Este libro pretende que conozcas y entres en este mundo especial y diferente; pero, sobre todo, que descubras a los «amarillos». Ellos son el nuevo escalafón de la amistad, esas personas que no son ni amantes ni amigos, esa gente que se cruza en tu vida y que con una sola conversación puede llegar a cambiártela. [...] *El mundo amarillo* habla de lo sencillo que es creer en los sueños para que estos se creen. Y es que el creer y el crear están tan solo a una letra de distancia.

Me fui introduciendo en la lectura y, cuando llegué a la mitad, de repente, pensé: «¿Y por qué no escribo un libro donde explique mi experiencia con mis "amarillos" o Mensajeros, como yo los denomino? ¿Por qué no cuento cómo he ido evolucionando en diferentes áreas de mi vida dejándome guiar por las señales del Universo?». Tenía fantásticas anécdotas que creía que podrían ayudar a muchas personas a reflexionar sobre sus vidas y sobre el Universo. «¡Escribir un libro! ¡Eso es!», me dije.

Podía parecer una idea descabellada, pues no creía tener las capacidades suficientes para enfrentarme a algo así, ya que la única experiencia que tenía como escritora habían sido algunos cuentos que había escrito de pequeña, con los que gané un premio en un concurso de literatura infantil del colegio. Pero el Universo confiaba en mí, y yo confiaba en él. Y aunque al principio no sabía qué acabaría creando ni a lo que se referían los mensajes de «Arriésgate», «Mezcla estilos», «Déjate llevar», «Lo conseguirás» o el «Más de lo que imaginas» que veía continuamente en un cartel publicitario por los alrededores de mi vecindario, seguí mi instinto.

Y así fue como la inspiración y la imaginación jugaron sus mejores cartas para expresarse a través de mí, de tal forma que parecía que el tiempo no existía. Me sentía tan feliz escribiendo que me preguntaba constantemente por qué no lo había hecho antes. Aunque sabía que, solo cuando tuve un propósito bien definido y estuve preparada para ello, el Universo empezó a movilizarse para darme aquello que quería.

Cuando lo finalicé, lo envié a varias editoriales, muy ilusionada. Tenía la esperanza de que todo el esfuerzo y el tiempo que le había dedicado darían pronto sus frutos, y que alguna de ellas reconocería y valoraría mi obra como se merecía. Pero, después de recibir algunas cartas de rechazo y el silencio en otras, la desilusión me llevó a guardarlo en un cajón para siempre.

A pesar de ello, el Universo me animó a seguir persiguiendo mi sueño, mediante un mensaje que vino en mi búsqueda a través de una frase que acababa de hallar en un libro que estaba leyendo, que decía: «Nunca te detengas aunque todo parezca ir en contra. Si persistes en tus sueños, te convertirás en un ganador». Inmediatamente después, rescaté mi libro del fondo del cajón en el que lo había guardado, lo miré fijamente durante unos segundos y finalmente me dije: «De acuerdo, seguiré intentándolo».

Y aprovechando que mi estado de ánimo estaba en alza y me estaba proporcionando una buena dosis de vitalidad tanto emocional como física, decidí recuperar otra de mis aficiones: el *footing*. Así pues, me calcé mis zapatillas de deporte y me marché a correr a la playa.

Después de algunos minutos corriendo, apareció a mi paso un «espontáneo» que empezó a aplaudirme, mientras decía: «¡Venga, que ya te queda poco!». Por la pinta que tenía, primero creí que se trataba de un simple chalado, pero, inmediatamente después, pensé que podría ser un Mensajero intentando entregarme un mensaje del Universo, y que este podría estar relacionado con la llegada de buenas noticias por parte de alguna editorial a la que le había enviado mi manuscrito. Pero, como no quería volverme paranoica, teniendo en cuenta, además, la forma tan inusual de presentarse el posible mensaje, lo anoté y esperé a ver si, más adelante, tendría o no sentido con la interpretación que yo le había dado.

—¡Charlie!, ¿ha sido cosa tuya lo de ponerle hoy ese «espontáneo» a su paso? —le preguntó el Universo.

—Ssssssíí, señor Universo —respondió orgulloso.

—¡Pues menos mal que Norma es ya una persona muy avanzada en lo que a interpretar señales se refiere, porque, si no, le hubiera pasado inadvertido! —manifestó con cierta ironía—. Pero ha funcionado, que es lo que importa, ¿no?

—Sí, sí...

—Muy bien, Charlie, así me gusta —dijo dándole una palmadita en la espalda—. Aunque quería comentarte un pequeño detalle... ¡Esa señal no tocaba ahora! Por favor, ¡repasa el plan completo! —exclamó enfadado.

—Sí. Estoooo... Parece que me he saltado algunos capítulos —contestó nervioso mientras lo revisaba.

—¡¡Sííí!! ¡Y muy importantes, por cierto! Charlie, esa señal, efectivamente, se tenía que relacionar con la publicación de su libro, pero ese momento aún tardará un tiempo en llegar. Recuerda que nuestro primer objetivo es conseguir su felicidad interior y luego el éxito externo. No al revés. Si no está preparada interiormente, no tendrá la capacidad suficiente para atraer y disfrutar de todo lo bueno que está por llegar. ¿Lo entiendes?

—¡Sí, claro! Lo siento, no volverá a ocurrir —contestó angustiado por su metedura de pata.

Dos meses después de un excelente estado físico y mental, sin motivo aparente, empecé a sentir un cansancio extremo. No entendía por qué mi cuerpo se estaba ralentizando de esa manera. «Pero ¿qué me ocurre ahora?», me preguntaba.

—Ya te advertí que tu cuerpo te «hablaría» —me dijo el Universo al escucharme. Todas las dolencias que padeces de forma intermitente tienen que ver con tu resistencia a deshacerte de viejas ideas, con tu incapacidad para ver con claridad los aspectos de tu vida, de avanzar y de tomar otro camino. Un verdadero cóctel de dificultades que te paralizan y te impiden sacar lo mejor de ti misma.

—¿Y por qué la mayoría de mis dolencias se concentran siempre en la parte izquierda de mi cuerpo?

—Porque el lado derecho del cuerpo se asocia con el aspecto masculino, con el padre y con el mundo exterior. En cambio, el izquierdo está relacionado con las emociones profundas, lo inconsciente, el mundo interior. También representa a la madre, la parte femenina de nuestro ser.

—¿La madre? —me pregunté. Quizá tenía sentido teniendo en cuenta lo difícil que era la relación que mantenía con la mía.

—Norma —continuó—, las resistencias forman parte del proceso en cualquier intento de transformación interior, y un dolor corporal puede ser el reflejo de algo que no funciona a nivel interno, de un conflicto no resuelto. Por ello, también es importante prestar atención a lo que le ocurre al cuerpo.

Charlie, por favor, léele algo del doctor David R. Hawking referente a las resistencias. Hablamos de él en la última clase.

—Sí, enseguida —dijo mientras cogía uno de sus libros, titulado *Dejar ir*—: «La mayoría de las personas durante toda su vida reprimen, suprimen y tratan de escapar de sus sentimientos, la energía suprimida se acumula y busca expresarse a través de la aflicción psicosomática, los trastornos corporales, las enfermedades emocionales y la conducta desordenada en las relaciones interpersonales. Los sentimientos acumulados bloquean el crecimiento espiritual y la consciencia, así como el éxito en muchas áreas de la vida».

—¿Y cómo lo resuelvo? —pregunté totalmente preocupada—. Busco ayuda a través de todas las señales que pones a mi alcance, en todo tipo de libros de autoayuda, escuchando atentamente los consejos de los Mensajeros que pasan por mi vida, aprendiendo de cada una de las experiencias por las que me haces pasar, y aunque he conseguido realizar algunos cambios que me han aportado períodos de estabilidad, en cuanto me doy la vuelta, ¡me hundo de nuevo! ¡Ya no sé qué más debo hacer! ¡Nada de lo que he hecho hasta ahora parece haber servido para nada! —dije apenada.

—¡Pues claro que te ha servido! Todos los cambios que has realizado han sido muy positivos; pero, para poder conseguir esa serenidad que tanto deseas, debes buscar en sitios donde tú, por ti misma, no podrás llegar. Y eso solo lo conseguirás a través de un guía.

—Si te refieres a que vuelva a ver a un terapeuta, te informo que no han conseguido ayudarme demasiado hasta ahora, así que no voy a perder el tiempo volviendo a ninguno de ellos.

—El camino hacia la transformación interior no es fácil y te podría llevar toda una vida resolver algunas creencias negativas, sin retrocesos. Por ello es necesario que lo hagas con la persona adecuada.

—Mira, es que no sé muy bien a quién debo recurrir ni a qué debo enfrentarme exactamente.

—No te preocupes, que, cuando sea el momento, crearé la circunstancia que provocará que vayas en busca de la persona que te ayudará a transformar tu vida por completo. Tú solo deberás hacer lo que has hecho hasta ahora: seguir mis señales.

—Y mientras llega ese momento, ¿qué voy a hacer con todas esas dolencias que no hago más que atraer sin parar? ¡Es que, como siga así, acabaré exponiéndome en un museo!

—¡No te enfades! —dijo sonriendo—. Costará un poco de tiempo, pero desaparecerán por completo. ¡Te lo prometo!

—¡Vale, lo que tú digas! Y ahora, ocúpate de otros, que tengo cosas que hacer.

—¡Pues deja de pedirme que te ayude a cumplir tus sueños!

—¡No, si ahora será culpa mía y de todo lo que me está ocurriendo!

—¡Pues mía seguro que no es! —concluyó.

Los días siguientes decidí centrarme en la meditación y en trabajar mis afirmaciones positivas para intentar recuperar mi buen estado físico y anímico, sin resultados. Por lo que decidí ir a la consulta de mi médico de cabecera, a la espera de que algún medicamento curase mis resistencias, mis creencias o lo que fuese que me ocurría.

Después de explicarle cómo me sentía anímicamente e insistir en que me realizara algunas pruebas, me dijo:

—Norma, vuelves a padecer ansiedad y estrés. La medicación te ayudará y te hará sentir mejor, claro que sí, pero no solucionará el problema. Todo está en tu mente. Es algo de lo que ya hablamos en el pasado y no seguiste mis consejos. Por eso vuelves a tener altibajos. Créeme cuando te digo que debes empezar a mirar dentro de ti. Así que resuélvelo, porque ningún medicamento lo hará por ti.

Palabras que, sin duda, llevaban encubierto un mensaje del Universo.

—¡Tú siempre queriendo acortar el proceso y el tiempo de las cosas! —me dijo al salir de la consulta.

—Y tú siempre aprovechando la ocasión para colar un mensaje a través de algún que otro Mensajero, ¿eh?

—¡Sí, señora! Siempre estamos alerta a vuestros movimientos para sacar el máximo provecho a nuestros planes y poder ofrecer el mejor servicio a nuestras clientas más selectas —dijo sonriendo—. Así que me alegro de que te haya llegado bien…

—¡Alto y claro!

—Nuestros Mensajeros han de ser discretos con sus actuaciones, pero nunca pasar desapercibidos.

—Muy bien, Universo, pero, por favor, ahora dame un respiro, que me voy de compras y no me gusta saber que me estás vigilando.

—Pues, aprovechando que vas de compras, voy a pedirle a Charlie que te «acompañe». He descubierto que las mujeres inspiran sus creaciones, por lo que le voy a dar la oportunidad de observar lo que ocurre en el ambiente de la moda como parte de su formación. Pero, tranquila, que no te va a molestar en absoluto.

—«Te llevaré» las bolsas —bromeó Charlie.

—Bueno, bueno… —dije a regañadientes.

CAPÍTULO 4

Destapando el pasado

> «Todo lo que hicimos lo hicimos simplemente porque no supimos hacer nada mejor en ese momento. Si hubiéramos sabido hacerlo mejor en ese momento, lo habríamos hecho de esa manera».
>
> David R. Hawkins, *Dejar ir.*

Mi infancia la pasé en Tarragona. Mis padres y yo vivíamos en un pisito cercano al centro. Mi padre tenía un pequeño taller de reparación de vehículos en el que trabajó muy duramente para poder sacar adelante a su familia. Era muy divertido y, aunque le costaba mucho exteriorizar sus sentimientos, tenía una habilidad especial para intuir cuándo me ocurría algo y no cesaba en su empeño hasta que se lo explicaba y me calmaba. Mi madre era costurera y cosía esporádicamente para ayudar con los gastos de la casa. Tenía un carácter agrio y estaba en constante enfado con el mundo, por lo que no era fácil ver una gran sonrisa en su rostro.

Mis padres siempre mantuvieron una tormentosa relación, llena de discusiones y continuos reproches, y sin ninguna muestra de cariño entre ellos. Por lo que no es de extrañar que, viviendo en el seno de una familia donde la convivencia resultaba tan complicada e inestable, mi mundo emocional también lo fuera y acabase creciendo con tanta falta de autoestima y tanta necesidad de protección. Diría que ese es el motivo por el cual me he pasado la vida buscando, desesperadamente, relaciones sentimentales que me diesen el amor que no sentía dentro de mí. Y como era de esperar, todo ello afectó muy negativamente a mis estudios académicos.

Mi padre falleció, repentinamente, de un ataque al corazón a la edad de cincuenta y cinco años. Y si por algún momento creí que, tras su muerte, cambiaría el temperamento de mi madre por atribuir su desgracia, exclusivamente, a la mala relación que existía entre ambos, me equivoqué por completo. Mi padre nunca fue su único problema.

Dos años después de su fallecimiento, dejé la casa familiar y me marché a vivir a Barcelona, donde encontré un trabajo estable.

Los fines de semana iba a visitar a mi madre y la ayudaba en todo lo que podía. A pesar de ello, continuaba teniendo una forma de comportarse conmigo que no comprendía. Me pedía ayuda y la rechazaba al mismo tiempo. Me gritaba por cosas que no tenían sentido, y, cuanta más ira vertía sobre mí, más rabia vertía yo sobre ella. Esa situación me llevaba a alejarme durante un tiempo, pero, en cuanto me pedía perdón, volvía nuevamente a su lado. Y es que mi ansia por recibir su amor y su aprobación no me permitió nunca ponerle límites ni decirle «No», lo que facilitaba que volviese a la carga una y otra vez.

Aunque las cosas comenzaron a cambiar un día en el que no me sentía muy bien anímicamente y la llamé por teléfono para charlar con ella un rato. Me contestó en un tono que distanciaba mucho de ser alegre. Sin apenas escuchar lo que le estaba diciendo, comenzó a gritarme y a recriminarme algo totalmente fuera de lugar. A pesar del escaso minuto que duró la llamada, pues le colgué el teléfono antes de que fuese a más, fue suficiente para que me provocase tal ataque de ansiedad que acabó causándome un dolor en el pecho del que no me libraría hasta pasados varios meses.

—Señor Universo, ¿ha visto lo que ha ocurrido? —le preguntó Charlie.

—¡A veces odio este trabajo! —respondió—. Pero sé que, cuando pase un tiempo, comprenderá la importancia de mi plan. Como ya sabes, todo, absolutamente todo lo que le ocurre a Norma está relacionado directamente con su infancia, sobre todo con su madre. Por eso me he visto obligado a provocar una situación que, aunque le ha causado mucho dolor, es la que definitivamente le va a empujar a buscar la ayuda profesional que necesita. Así que nuestra labor a partir de entonces será la de apoyar a la terapeuta para quitarle ese filtro que ha puesto entre sus creencias y la realidad, que es lo que está provocando que haga una interpretación errónea de su sufrimiento.

—Señor Universo, curiosamente ayer estaba leyendo el libro que me recomendó de Laura Gutman, titulado *Qué nos sucedió cuando éramos niños y qué hicimos con ello*, que dice esto sobre las madres inestables: «Si nuestra madre, que es la única persona en el mundo en quien necesitábamos confiar y de quien precisábamos beber la sustancia nutricia, ha sido nuestra principal depredadora, la psique no lo puede tolerar. Por eso la psique se desordena, se desequilibra. Enloquece. Es totalmente contrario a la naturaleza humana que la madre, fuente de placer, gozo, alimento, cobijo, protección, ternura y compasión, sea quien nos destruya, nos mate, nos incrimine, nos desproteja y nos odie [...]. El problema es que no estamos abordando la verdad: la verdad sería el escenario completo de los orígenes de nuestra madre y la violencia a la que estuvo sometida siendo niña, su incapacidad para comprenderse, luego su ignorancia sobre los asuntos amorosos y la descarga inconsciente sobre nosotros, sus criaturas indefensas. Esa podría ser una primera aproximación a la verdad, por lo tanto, a la comprensión de nosotros mismos y al encastre entre la realidad externa y la realidad interna».

—Efectivamente, así es. Al final, llegará a entender que el estado emocional de su madre también responde a su propia historia personal, a una infancia con mucha carencia afectiva, y que esa ha sido la causa por la que siempre ha actuado como lo ha hecho, y no solo con ella misma, sino con todo su entorno.

—¿Y podrá soportarlo? El proceso podría ser demasiado duro…

—Recuerda que nunca hacemos pasar a nadie por pruebas que no sean capaces de superar.

—¡Qué miedo me dan a veces sus planes, señor Universo!

—Tranquilo. Todo va a salir bien. ¡Ya lo verás!

CAPÍTULO 5

El Mensajero Especializado

Dos días después del incidente con mi madre, decidí que había llegado la hora de buscar ayuda profesional. Alguien que me ayudase a comprender por qué mi madre tenía siempre ese comportamiento tan descontrolado y lleno de furia conmigo. Alguien que me proporcionase las respuestas que no conseguía encontrar por mí misma. Alguien que me ayudase a destapar todo aquello que no veía y a desechar todos esos sentimientos negativos de los que era incapaz de desprenderme. Y sobre todo, alguien que me entendiese y que me hiciese sentir que estaba en un espacio seguro donde poder compartir mis sentimientos.

Durante los dos primeros meses de terapia lloré mucho mientras trataba de sacar todo el dolor que albergaba dentro de mí. Más adelante, tuve que enfrentarme al hecho de haber ido en sentido contrario toda mi vida debido a mis creencias erróneas.

Estaban tan aferradas a mi interior que, cuanto más me esforzaba en deshacerme de ellas, más tristeza sentía y más se rebelaba mi cuerpo, causándome un dolor físico que iba en aumento, hasta incluso verme incapaz de concentrarme en el trabajo. Toda mi vida pareció caer en un pozo del que no sabía si sería capaz de salir.

—Norma... —me habló entonces el Universo.

—Universo, ahora mismo no tengo ganas de hablar contigo —le rogué totalmente desanimada.

—Norma..., sé que tienes la sensación de que tu mundo se ha hundido, pero no es así —dijo con voz tranquilizadora—. Tienes suficiente capacidad para superar mi plan con éxito.

—¡O estás en «plan» gracioso, o no recuerdo haberme apuntado a ningún «plan» maquiavélico últimamente.

—Norma, serénate, por favor...

—¿Y cuándo va a terminar? —me quejé.

—¿Terminar? ¡Pero si aún estamos con los créditos iniciales de la película porque te niegas a dejar marchar tus resistencias!

—¡Pues, por mí, ya se pueden largar ahora mismo! Fin de la película.

—¡Tengo que reconocer que sabes sacar tu gracia cuando quieres!

—Me alegro mucho de que te diviertas a mi costa.

—Norma, repito, todo dependerá de tu esfuerzo. Y te aviso que vamos un poco retrasados debido a tu inactividad, lo cual está obligando a mi Equipo de Diseño a hacer horas extra reescribiendo el guion del plan.

—Así estarán entretenidos…

—Saldrás de esta, ¡créeme!, pero debes poner de tu parte. Por favor, ¡empieza a cambiar!

—¡Como si fuese tan fácil! —repliqué.

—No, no lo es. Por ello es importante que mantengas una actitud positiva.

—Si crees que no puedes, nunca podrás, y si crees que puedes, conseguirás todo lo que te propongas… —añadió Charlie.

—¡Vaya, tienes un colaborador muy aplicado!

—Lo es —afirmó, dirigiéndole un guiño.

—Mira, Universo…, para ti es muy fácil pedirme que cambie, pero exactamente ¿qué es eso que tengo que cambiar? ¿Por dónde empiezo? ¿Algún mensaje para mí?

—Revisa cómo piensas y cómo actúas, y transfórmalo positivamente.

—¡No puedo!

—¡Claro que puedes! ¡Esfuérzate! Habla bien de ti, valórate, quiérete…

—Pero ¿cuándo comenzaré a sentirme bien? Llevo semanas de terapia y no veo avances… —dije totalmente desanimada.

—Lo harás poco a poco, cuando el trabajo interno empiece a dar sus frutos. La recompensa a la lucha será una felicidad duradera, bienestar físico, armonía interior y…

—¿Y qué?

—Y la posibilidad de asegurarte un asiento en primera fila para ver desfilar tus sueños por la alfombra roja de tu vida.

—Muy poético. ¿Algo más?

—Sí, hay algo más, y muy importante… Date tiempo.

—¡Lo que tú digas! Ahora, por favor, déjame, que tengo cosas en las que pensar.

—Claro, cómo no. Te dejo con tus pensamientos…

—Charlie —le dijo el Universo al finalizar—, vamos a seguirla de cerca para que no decaiga en nuestro objetivo. Por favor, ayúdame a prepararle una señal.

—Sí, señor Universo. ¿Y cómo quiere hacérsela llegar? ¿A través de un mensaje escrito en un libro, un Mensajero, una canción, *Tres anuncios en las afueras…*?

—Un anuncio en las afueras estaría bien —dijo sonriendo—. ¡Venga, demuéstrame qué se te ocurre!

Unos días más tarde, a pesar de no encontrarme demasiado bien físicamente, decidí salir a hacer *footing* con Pablo. Lo necesitaba anímicamente. Sin embargo, al cabo de un rato, me detuve sin poder continuar. Por lo que rogué al Universo que me ayudase. Y justo en ese momento, la respuesta apareció en una valla publicitaria que anunciaba una marca de neumáticos que decía: «Siente la conexión».

—¿A qué conexión te refieres? —le pregunté interiormente—. ¿A la conexión de mis problemas físicos con mi estado emocional?

—Exacto —contestó.

—¡Pues vaya notición! —exclamé sarcástica.

—Sí, ya sé que lo sabes. Solo me gusta recordártelo de vez en cuando para que no se te olvide.

—No lo he olvidado, es que…

—¿Es que qué? ¿Piensas que pidiéndome que te ayude se te va a ir el dolor sin más? Ya te he dicho que depende de ti y de los cambios que estés dispuesta a realizar. Y, por lo que veo, sigues sin hacer ninguno.

—Lo siento. Es que estoy agotada, Universo. Me falta energía…

—Y así seguirás mientras no pongas de tu parte.

—¡De acuerdo, de acuerdo! —dije a regañadientes.

A continuación, le dije a Pablo que siguiese él solo, que yo me marchaba a casa a descansar. No obstante, a pesar del mensaje del Universo que me recordaba que debía producirse un cambio en mí si quería que las cosas cambiasen en mi vida, mientras caminaba, mi mente me jugó una mala pasada y «me animó» a dejar la terapia que estaba realizando. El proceso estaba siendo tan doloroso que sentía como si me estuviesen arrancando la piel a tiras. Cuanto más me esforzaba en desengancharme de mis pensamientos negativos, más atrapada parecía estar en ellos y más agotada me sentía anímicamente. Quizá no estaba preparada para enfrentarme a tan duro proceso.

Y todo ello, siempre acompañada por mi «amiga» Ansiedad, que se había tomado muy en serio lo de no dejarme sola en los peores momentos.

—Señor Universo —dijo Charlie—, me temo que la última conversación que ha tenido con ella no ha servido de mucho. Parece que está pensando en abandonar la terapia. ¿Qué hacemos?

—Tranquilo, no lo hará. Solo está desesperada porque aún está sacando lo viejo para dejarle espacio a lo nuevo. Por eso no acaba de ver avances. De todas formas, vamos a enviarle otro mensaje para animarla a que no tire la toalla. Ocúpate tú mismo de hacérselo llegar de forma clara. Esta vez, lo dejo a tu libre elección. Venga, ¡sorpréndeme!

—¡Sí, señor Universo, me pongo a ello inmediatamente! —dijo emocionado.

Una vez en casa, me fui a leer a la terraza y, al cabo de un rato, llamaron a la puerta. Por la forma de llamar, sabía que no era mi vecina, y Pablo llevaba llaves. Por lo que solo podía tratarse de algún desconocido con ganas de molestar. Así que, como no esperaba a nadie, no salí a abrir.

—¡Pero quieres abrir la puerta! ¡Así no se puede trabajar! —gritaba Charlie, que intentaba hacer entrega de su mensaje.

Al cabo de una hora, aproximadamente, y con Pablo de regreso en casa, volvieron a llamar, y salió a ver quién era.

—¡Ya era hora! —dijo Charlie aliviado.

Después vino a la terraza, donde me encontraba, y me entregó un folleto publicitario. Lo leí por curiosidad, y esto es lo que estaba escrito: «¡No se rinda!». Empecé a reírme al ver que, sin duda alguna, se trataba de un mensaje del Universo que me animaba a seguir adelante con la terapia. Y a Pablo, que no entendía de qué me reía, le dije: «Nada, cosas del Universo».

—Norma —me habló entonces el Universo, a la vez que dirigía una sonrisa de complicidad a Charlie—. Me han llegado «rumores» de que pretendías tirarlo todo por la borda, ¿es así?

—Sí, estuve tentada, pero tu mensaje me ha hecho desistir. Es que el proceso es muy duro y me desespero, y solo sueño con llegar al final de esta historia. Pero no te preocupes, seguiré adelante… —dije resignada.

—Sé que no es fácil deshacerse de viejas creencias, pero debes ser paciente. Aún estás vaciando tu cajón desastre lleno de caos para volver a ordenarlo, poniendo cada pieza en el lugar que le corresponde. Y no te puedes saltar los capítulos por los que tienes que pasar, pues forma parte de un aprendizaje que te ayudará a avanzar con seguridad y confianza.

—Creo que ahora entiendo ese mensaje escrito por el que me siento atraída últimamente, que dice: «Cuanto más sabes, mejor decides».

—Quiere decir que, cuanta más comprensión tengas sobre ti misma, más sabiduría tendrás y, como consecuencia, tomarás mejores decisiones.

—Claro…

—Todo está bien, Norma. Confía en mí.

—Eso es justo lo que me dice mi terapeuta cuando me vengo abajo…

—¿El qué?

—Que todo está bien…

—Entonces, como ves, los dos estamos de acuerdo —dijo sonriendo.

—Gracias, Universo. Voy a pensar en todo lo que me has dicho. Te lo prometo.

—Me alegra oírte decir eso. Entonces, sigue adelante y, como decía el mensaje, no te rindas. El plan está perfectamente diseñado y todo está ocurriendo según lo previsto, excepto por algún que otro pequeño retraso… —me lanzó como indirecta.

—Lo siento… Intentaré recuperar todo el tiempo perdido.

—Charlie, me has dejado muy sorprendido —le dijo el Universo, felicitándolo por su buen trabajo—. Actuaste rápido y el mensaje estuvo muy acertado. Lo que provocó que el resultado fuese muy efectivo. ¿Cómo diseñaste la entrega?

—Pues vi que había dos personas merodeando por su calle, entregando folletos publicitarios, y, al leer que la información que contenía podría hacer reaccionar a Norma, los «acompañé» hasta su puerta para que se lo entregasen personalmente. ¡Pero no había forma de que la abriese! Tuve que entretenerlos con los vecinos hasta que llegó su marido y, entonces, los insté a probar suerte de nuevo.

—Bien hecho —declaró satisfecho el Universo—. Así es como se planea un evento sincronístico.

CAPÍTULO 6

Los fantasmas de una madre

En las semanas siguientes empecé a pensar profundamente en mi madre y a darme cuenta de que, si lo que marcó mi carácter estaba relacionado con mi ambiente familiar, la forma de ser de mi madre también tendría que ver con el suyo. Por lo que sentí la necesidad de indagar a fondo en su pasado para intentar comprender qué la convirtió en la persona que era. Aunque no sabía cómo lo conseguiría, pues siempre fue muy reservada respecto a explicar cosas de su vida. Cuando le había pedido en alguna ocasión que me hablase de su madre, siempre se excusaba con algo. Sin embargo, decidí volver a intentarlo y fui a visitarla.

Después de charlar durante un buen rato, le pedí que me hablase de ella y de su infancia, y, para mi sorpresa, accedió a hacerlo. La escuché atentamente sin decir nada y, a medida que me iba narrando su historia, mi corazón se iba encogiendo poco a poco.

Empezó explicándome que su madre siempre fue muy alegre y cariñosa, que pasaba horas jugando con ella, haciendo repostería o ayudándola con sus deberes. Y que su momento preferido del día era cuando le leía cuentos por la noche al acostarse, haciendo hincapié, sobre todo, en cómo le acariciaba las manos mientras intentaba dormirse.

Después empezó a relatarme el último día que la vio con vida y, por primera vez, pude comprender el dolor que sintió cuando, a la edad de siete años, la perdió. Según me contó, su madre llevaba un tiempo enferma y decidió ir al hospital. Y como si intuyera que jamás regresaría a casa con vida, la cogió en brazos, la abrazó fuerte y le dijo: «¡Adiós, hija mía, quizá nunca más vuelva a verte!», seguido de un beso en la mejilla. Unas palabras demasiado duras para una niña incapaz de comprender por qué esa madre tan dulce y bondadosa la abandonaba un día sin más.

Recordó cómo lloró desconsoladamente desde la puerta de entrada de casa, cogida de la mano de una vecina, mientras su madre y su padre se alejaban en coche. Algo que, según me confesó entre lágrimas, nunca pudo superar.

Podía imaginarme la escena…

Pocos días después falleció y nunca más volvió a verla. Ni siquiera le dejaron asistir al funeral. A partir de entonces, se hundió y su vida cambió por completo. Se volvió una niña muy triste y enfadada. Le costaba conciliar el sueño por la noche y, cuando lloraba y su padre intentaba calmarla, lo rechazaba bruscamente.

A pesar de la corta edad que tenía y de que su madre siempre lo había intentado ocultar, sabía perfectamente lo tensa que se ponía cuando este llegaba a casa después de trabajar y lo infeliz que fue debido al maltrato físico y psicológico al que la tuvo sometida durante años.

Cuando finalizó su relato, no supe qué decir. Simplemente, todo parecía encajar.

Tras marcharme, de camino a casa, empecé a preguntarme cómo pudo soportar la pérdida de su madre a tan temprana edad y sobrevivir a una infancia con tanta falta de amor debido, asimismo, a un padre que no supo suplir su pérdida. ¿Pudieron esos acontecimientos convertirla en la persona llena de ira que es ahora?

—Por supuesto —contestó el Universo, que estaba leyendo mis pensamientos—. Ella también vino al mundo con la intención de recibir amor. Y cuando perdió a su madre, que era la única persona que se lo daba, se instaló en su interior tal vacío que acabó utilizando la ira como mecanismo de defensa para intentar sobrevivir.

—La ira, ¡qué defecto tan grande ha tenido siempre! —dije.

—No es un defecto, Norma, es una herida que no ha cicatrizado nunca. No olvides que el amor lo cura todo. Por eso todo el mundo lo busca. Si tu madre hubiese crecido en un hogar lleno de amor y felicidad, te lo hubiese transmitido a ti. Pero no pudo.

—¿Sabes? Estoy recordando una frase que me dijo en una ocasión: «Yo nunca tuve a una madre que me enseñase». Imagino que en su fantasía pensaba que, si hubiese tenido una madre, la habría protegido de los acontecimientos negativos a los que tuvo que enfrentarse a lo largo de toda su vida, habría aprendido a hacer las cosas mucho mejor, habría tomado mejores decisiones y, como consecuencia, habría sido más feliz.

—Y está en lo cierto…

—Norma —intervino Charlie—, te voy a leer algo que escribió Laura Gutman en su libro *Qué nos sucedió cuando éramos niños y qué hicimos con ello,* donde habla sobre los sentimientos de las madres hacia sus hijos cuando estas vienen de una vida en la que tampoco obtuvieron la protección que necesitaron siendo niñas: «Cuando nacimos, desplegamos una potencia y una intensidad emocionales impresionantes. Por nuestra parte, las madres, apenas terminamos de parirlos y aun deseando amar a nuestros hijos, nos sentimos agotadas y atemorizadas a causa de esa intensa demanda funcional. ¿Por qué? Porque, si las mujeres que hemos devenido madres provenimos de historias de desamparo, soledad, violencia o maltrato, vamos a enfriar para no sufrir todo lo referente al territorio afectivo. Hemos dedicado muchos años de nuestra vida a crear la distancia necesaria respecto de las manifestaciones afectivas: hemos trabajado, hemos mantenido tal vez buenas relaciones de pareja…, pero el niño pequeño demanda una intensidad pasional que nos deja absortas. Queremos huir de esa demanda porque nos trae recuerdos de nuestra propia hambre de fusión cuando éramos niñas. Algunas madres escapamos, físicamente, o desconectando nuestras emociones, aunque nos quedemos en casa. Otras nos violentamos porque sencillamente no toleramos la demanda».

—Norma —continuó—, la pérdida de su propia madre fue muy traumática para ella. Ese acontecimiento la destruyó de tal forma que cambió completamente la visión que tenía del mundo que la rodeaba. De repente se quedó sola, sin la protección que necesitaba y sin que nadie pudiese compensar su pérdida.

—¡Pero mírame a mí! Yo estoy haciendo algo por superar todo ese dolor que tengo dentro. ¿Por qué no lo hizo ella? ¿Por qué no intentó nunca curar sus heridas? Se ha pasado la vida enfadada, rodeada de antidepresivos y descargando su rabia contra mí sin importarle el dolor que me hacía. ¿Fue mejor hacerse constantemente la víctima? ¿Fue mejor pedirles a los demás que cambiasen su actitud para que ella pudiera ser feliz?

—¡Vaya, eso me recuerda a lo que has estado haciendo tú todos estos años!

—¿Cómo dices?

—Que tú también te has pasado la vida haciéndote la víctima, culpando a los demás de lo que te ocurría y pretendiendo que cambiasen ellos de actitud.

—¡No es cierto! —dije rotunda.

—¡Pues claro que lo es! ¡Constantemente! ¿Repasamos tu discurso interno? «Me dicen», «Me hacen», «La culpa la tiene este», «La culpa la tiene el otro», «Mi madre me dice», «Mi madre no me dice»...

—¡No te burles de mí!

—Yo no digo que tu madre no haya sido poco o nada cariñosa contigo, ni que no te haya gritado de forma injustificada, o que no te haya hecho sentir poco querida; lo que quiero decir es que su actitud no ha tenido nada que ver contigo, sino con ella misma, con su propio dolor, porque el dolor no se puede medir y cada uno lo vive a su manera.

—¿Entonces, según tú, qué debía haber hecho?

—Ser más comprensiva y no tomarte su forma de ser como algo personal. Hubieses evitado una guerra en la que las dos habéis acabado malheridas.

—Pero, insisto, ¿y qué pasa conmigo? Si la prematura muerte de su madre y su fallido matrimonio le hacían tan infeliz, ¿por qué no buscó ayuda?

—Norma, ella no quiso, no pudo o, simplemente, no creyó que el compartir su historia hubiera podido ayudarla a mitigar su sufrimiento. Pero tú sí, ¿lo entiendes? Ya sabes que, si alguien no quiere ser ayudado, por muy beneficioso que sea para su vida, no aceptará esa ayuda. De modo que, si quieres obtener un cambio en ella, ese cambio deberá pasar primero por ti. Y con ello quiero decir que debes empezar a acortar esa distancia física que has puesto con ella. ¿O es que aún no has comprobado que, alejándote de ella, no has conseguido ser más feliz? Resuelve el conflicto o te perseguirá allá donde estés.

—¡Es que no soporto su actitud conmigo, y ya no sé qué más debo hacer!

—Lo que debes hacer es aprender a ponerle límites dentro de la comprensión y la tolerancia.

—¡Pero si ya lo hago!

—¡No es cierto! ¡Nunca le pones límites! Y si no lo haces, te seguirá tratando como siempre. Si quieres respeto, deberás hacerte respetar. Ya hemos hablado de esto muchas veces, pero siempre vuelves a caer en la misma trampa. ¡Hazlo de una vez! Solo así conseguirás que los ataques de los demás dejen de hacerte daño. Y por otro lado...

—¿Por otro lado qué?

—Debes empezar a transmitirle amor.

—¿Amor? ¿Que yo le transmita amor? ¿Yo? ¿Estás hablando de mí?

—¡Sí, tú! ¿Acaso crees que tú se lo das? —dijo sermoneándome.

—¿Cómo voy a dárselo? ¡No puedo!

—¡Vaya, ahora sí que nos vamos a divertir! ¡Así que tú tampoco puedes! ¿Y a qué estás esperando para ponerle solución a eso? Igual te sorprendes cuando empieces a dárselo y compruebes que lo recibes de vuelta.

—Sinceramente, lo dudo.

—Querida Norma..., a estas alturas, ya deberías saber que, cuando cambias, provocas un cambio en los demás también.

—De acuerdo, de acuerdo… Tú ganas —dije de mala gana. Sé que me costará, pero lo intentaré.

—Me alegro. Y para finalizar, voy a decirte otra cosa muy importante también… Empieza a perdonar o, de lo contrario, seguirás arrastrando rabia y dolor.

—Universo, ¡no empieces otra vez con el dichoso perdón! ¡Ya te dije que no voy a perdonar el daño que me hicieron ciertas personas! ¡Y deja ya de enviarme mensajes con la palabrita esa!

—Perdona, Norma, no quería molestarte con este tema ahora…

—Perdona, Norma —intervino Charlie—, por intentar liberar tu alma de dolor.

—Perdona, Norma —continuó el Universo—, por intentar darte el mayor de los regalos.

CAPÍTULO 7

Los beneficios del perdón

> «Parece que la mayoría de las personas necesita experimentar mucho sufrimiento antes de abandonar la resistencia y aceptar, antes de perdonar. En cuanto lo hacen, ocurre uno de los mayores milagros: el despertar de la conciencia del Ser a través de lo que parece ser el mal, la transmutación del sufrimiento en paz interior».
>
> Eckhart Tolle, *El poder del ahora.*

—¡Madre mía, pero a qué vienen esos gritos! —dijo Charlie.

—Es Norma. Nada que no estuviese previsto. Por favor, sube el volumen de la radio, que estoy con otro plan y no consigo concentrarme.

—¡Pero qué radio! ¡Si no tenemos radio!

—¡Pues cierra la puerta!

—¡Si ya está cerrada!

—¡Te tomaba el pelo! —dijo el Universo riéndose a carcajadas.

—¡Ya veo, ya! Pero ¿es que no piensa hacer nada?

—No hay nada que podamos hacer. Norma está a punto de ceder. Parece que ya no le resulta tan agradable seguir aferrándose a sus resistencias y se está dando de bruces con la realidad.

—Pero ¿quiere decir que lo conseguirá?

—¿Han fallado alguna vez nuestros planes?

—No.

—¡Pues eso!

A pesar de la comprensión que iba adquiriendo de todo lo que me ocurría, de cómo funcionaba interiormente, de dónde venían todos esos sentimientos negativos que tenía, por qué actuaba como lo hacía y qué era lo que me frenaba, gritaba interiormente por no poder conseguir que mis dolencias físicas se marchasen por la puerta grande. Por lo que empecé a aceptar que la única medicina que me quedaba por probar era abandonar mis resistencias. Ahora entendía a qué se refería el Universo cuando me dijo que mi cuerpo me «hablaría» y que solo me quedarían la aceptación y el perdón como vía de escape. Quizá tenía razón y solo así conseguiría librarme del continuo cansancio, del estrés y de todas esas enfermedades que atraía sin parar. Entonces me dije: «¡Basta!». Y dicho y hecho. En cuanto pronuncié la palabra mágica, es como si mi cuerpo se hubiese vuelto, de repente, más ligero. Y aunque sabía que no iba a ser fácil enfrentarme a mis resistencias, de algo sí estaba segura: de que la práctica me llevaría a la perfección.

—¡Sabía que no aguantarías! —me advirtió el Universo.

—La verdad es que no sé por dónde empezar.

—Vamos a darte alguna pista, aunque creo que ya lo sabes... Charlie, por favor, háblale del perdón.

—¡Sí, señor Universo! Veamos... El perdón. Dícese del que te libera del dolor desde el momento en que has realizado el acto de perdonar, o como leí hace poco en algún sitio: «¿Quieres ser feliz un momento? Véngate. ¿Quieres ser feliz siempre? Perdona».

—Norma —dijo el Universo—, sé que me he puesto muy pesado con ese tema, pero me alegro mucho de que, por fin, vayas a dejar de jugar al escondite con él.

—¿Que si te has puesto pesado? ¡Pero si no ha dejado de perseguirme por todas partes!

—¡Y te seguirá persiguiendo una y otra vez hasta que le hagas frente! Mira..., sé que perdonar el daño que nos han hecho los demás es algo que cuesta mucho, pero, si no dejas atrás todo el resentimiento que llevas dentro de ti, no conseguirás pasar página. Y comprendiendo como comprendes a estas alturas que las personas actúan de acuerdo a sus propias creencias, debido a sus vivencias personales, y que no saben hacerlo mejor, no tiene sentido seguir resistiéndote a adoptar un cambio que te dará libertad para proseguir tu vida.

—Tienes razón, Universo. Voy a ponerme a ello enseguida, porque creo que tengo algo de trabajo al respecto...

—En realidad, no debes hacer nada. Una vez ha llegado la comprensión a tu vida, el perdón hace su trabajo solo. Te darás cuenta por ti misma.

Y, efectivamente, así fue. Pude comprobar que el perdón había entrado en mi vida cuando, semanas más tarde, me encontré a Valentine por la calle. Durante los últimos años nuestra relación se había basado en una «guerra de poder», que provocó que nos acabásemos distanciando para siempre.

Me alegré de verla. Le pregunté cómo se encontraba y, mientras hablaba, empezaron a venir a mi mente imágenes de cuando teníamos buena relación, de cómo nos reíamos y de los regalos que me había hecho con sus propias manos cuando se dedicaba a las manualidades, una de sus aficiones. En especial, una bandeja y un jarrón troquelados inspirados en Gaudí que aún conservaba con cariño.

Después de varios minutos charlando, me di cuenta de que el rencor que durante años había tenido hacia ella parecía haberse esfumado para siempre, cosa que me llenó de alegría. Seguí escuchándola y observándola atentamente, a la espera de deducir de sus gestos o de sus palabras que también se había producido un cambio en ella. Sin embargo, seguía aparentando que todo iba bien en su vida, cuando sabía por terceras personas que continuaba sumida en el mismo pozo oscuro de los últimos años. Me entristeció mucho. Aunque, si había algo que también estaba aprendiendo, era a no hacerme responsable de la vida de los demás y a no preocuparme por la forma en que los otros manejaban sus propias vidas. Ahora solo se trataba de mí y de mis necesidades, y de comprender que aquellas virtudes que ella tenía y que yo había interpretado como defectos en el pasado, como su capacidad para quererse, no habían sido más que mis propias carencias. Por lo que mi rechazo hacia ella ya no tenía ningún sentido. «Piensa qué tienes que aprender de ella», recordé que me había dicho una compañera de trabajo haciendo de Mensajero por orden del Universo.

Cuando nos despedimos, me sentí muy contenta por el cambio que había visto en mí y no dejé de sonreír mientras le daba las gracias al Universo, sabiendo que leería mis pensamientos, ¡su deporte favorito!

Y aprovechando que este estaba ausente, apareció Charlie para charlar conmigo y, de paso, poner en práctica sus conocimientos.

—Hola, Norma. El Universo está ocupado con una urgencia. Un plan de una tal Valentine... Sus resistencias nos están dando más trabajo del esperado —dijo mientras lo excusaba.

—¿Has dicho Valentine? Por casualidad no se tratará de...

—Lo siento, Norma —dijo sin dejar que continuase—, los planes son confidenciales y no puedo darte detalles.

—Sí, claro, disculpa.

No sabía si se trataba de mi amiga Valentine, pero de lo que sí estaba segura era de que el Universo tenía un plan para todos nosotros. Y eso también la incluía a ella. Y lo habría diseñado de acuerdo a sus circunstancias. Por lo que tenía esperanzas de que en un futuro no demasiado lejano, si lo concluía con éxito, pudiésemos volver a retomar nuestra amistad.

—Charlie —le dije entonces—, ahora ya entiendo a qué se refería el Universo con dejar marchar mis resistencias. A partir de ahora, no me quedaré con ninguna emoción negativa nunca más.

—Me recuerdas a Alegría, la protagonista de la película *Del revés,* cuando dice que, al no saber a dónde mandar las emociones negativas de Riley, la niña para la que vive, las dejó en la central de su cabeza, junto con el resto de emociones.

—Tienes algo de razón, Charlie —dije sonriendo.

—¿Y qué crees que has aprendido? —me preguntó.

—Me he dado cuenta de que la única persona que ha sufrido con tanto rencor hacia los demás he sido yo.

—¡Claro! La gente piensa que sintiendo rencor por alguien van a conseguir una especie de venganza o algo así, pero solo se provocan a sí mismos un dolor innecesario, mientras los otros siguen disfrutando de su vida totalmente ajenos a lo que sienten hacia ellos.

—Charlie, hace poco leí algo así como que el perdón no hace olvidar el pasado, pero cambia el futuro.

—Así es. ¡Los beneficios son tantos! Además, cuando llegas al perdón, poco a poco empieza a cambiar tu percepción hacia la otra persona, hasta que, por fin, la ves con otros ojos.

—¡Pues a mí eso no me ha sucedido! —le dije con ganas de bromear.

—¿Que no te ha ocurrido el qué? —respondió extrañado por mi respuesta.

—¡Pues ver a Valentine con otros ojos! Charlie, creo que vas mal encaminado...

—¿Cómo que no? ¡En el manual de «Planes del Universo» pone que ocurre eso cuando perdonas!

—¡Creo que no te has estudiado bien esa parte, Charlie! —le dije, intentando ponerlo nervioso.

—Estoy seguro de lo que te estoy diciendo, Norma —dijo a la vez que revisaba sus notas.

—Que síííí —dije riendo—. Efectivamente, ha cambiado mi percepción hacia ella. Solo quería ponerte a prueba y ver si llevabas bien aprendida la lección...

—Por cierto —me dijo entonces—, ¿recuerdas hace unas semanas, cuando te «acompañé» de compras, que quisiste probarte un precioso vestido rojo dos tallas más pequeño de lo que necesitabas y rompiste la cremallera? ¿No hubiese sido más fácil aceptar que no cabías en él?

—¡Muy agudo, Charlie! —dije al ver que me la estaba devolviendo.

—¡Adiós, guapi! ¡Nos vemos!

Después de comprobar los beneficios que el perdón había hecho en mí tras mi encuentro con Valentine, pensé que ya era hora de «perdonar» a mi madre. Aunque no estaba muy segura de qué debía perdonarla exactamente: ¿de no darme el tipo de amor que le reclamaba? ¿De no ser capaz de ser una persona cariñosa y alegre conmigo?

Durante días lloré intentando aceptar esa realidad. Me había pasado toda la vida rechazando su forma de ser, exigiéndole un cambio que no era capaz de realizar. Su incapacidad para manejar sus emociones negativas la habían hecho presa de una vida llena de rabia, frustraciones, insatisfacciones y depresiones que jamás podría vencer. Pero, tras comprender que su propia historia la había convertido en la mujer que era y que solo se trataba de una persona herida que jamás podría cambiar la forma en cómo interpretaba su propio sufrimiento, dejé que mi resentimiento hacia ella desapareciera.

Había llegado la hora de intentar construir un nuevo futuro, haciendo algo distinto a lo que había hecho hasta entonces: dejar de esperar que cambiase ella y hacerlo yo, tal y como me había recomendado el Universo. Sí, ese era el único recurso que me quedaba por probar si quería obtener un cambio en nuestra relación.

—Norma —me dijo entonces el Universo—, créeme que ella lo intentó. Intentó darte todo el amor que le reclamabas, pero nunca supo transmitir lo que sentía por ti. Por eso es muy importante que «la perdones» y, sobre todo, que lo hagas con amor. Solo así serás capaz de transformar tu dolor en amor, y lo recibirás de vuelta.

—Entendido. Pues vamos allá. Ha llegado la hora...

Y después de algunas semanas sin verla, decidí visitarla. Cuando me vio, no dijo nada, aunque por su forma de actuar sé que se alegró de verme. Apenas nos dijimos nada. Me senté a su lado, recosté mi cabeza en su hombro y le cogí la mano. Lloré sin que me viera mientras se la acariciaba. Luego, en silencio, «la perdoné» a ella y a mí misma por comprender que ninguna de las dos supimos hacerlo mejor. Y en cuanto lo hice, en cuanto solté el dolor, comencé a sentirme mucho mejor.

Milagrosamente, con el transcurso de las siguientes semanas, pude comprobar que la relación entre nosotras mejoró y empezamos a sentirnos más relajadas y cariñosas la una con la otra. Cuando la llamaba por teléfono, lo primero que oía de ella era «Hola, hija». Nunca antes había sentido cómo dos palabras podían llenarme de tanto amor. Me sentía tan feliz que no podía evitar emocionarme cada vez que la oía decirlo. Los gritos y los reproches de ambas se transformaron en amor y, poco a poco, conseguí dejar de centrarme en sus defectos para empezar a sacar todo lo positivo que tenía.

Luego, empecé a sentir mucha compasión por ella, pues se había aferrado tanto a su pasado que jamás tendría la capacidad necesaria para experimentar un presente lleno de alegría. Algo que yo sí estaba dispuesta a conseguir.

—¡Lo ves, Charlie! —le dijo el Universo, visiblemente feliz por lo ocurrido—. En cuanto Norma dejó de presionar a su madre pidiéndole algo que ella no podía darle, esta se relajó y la relación mejoró.

—Es decir, en cuanto le transmitió solo amor, lo atrajo de vuelta.

—Lo cual confirma que lo semejante atrae a lo semejante…

—O como dijo el Dr. Wayne Dyer, autor de *El poder de la intención*: «Cuando cambias tu forma de mirar las cosas, las cosas que miras cambian».

—¡No está mal, Charlie, no está mal! Veo que haces bien los deberes —dijo el Universo, muy contento por los avances de su alumno.

Con el transcurso de las semanas pude comprobar, con gran satisfacción, que la Queja había dejado de rondar a mi alrededor y que, por fin, se encontraría disfrutando de su nueva vida en el país de Nunca Jamás. No cabía duda de que el trabajo que estaba haciendo estaba dando sus frutos. También empecé a notar que el continuo cansancio físico iba remitiendo, así como todas esas dolencias que no había dejado de atraer en los últimos meses.

Fue realmente curioso contemplar cómo todos mis problemas físicos que aparecieron al mismo tiempo se marchaban también a la vez. Algo que no atribuí a una simple casualidad, sino al gran cambio interno que se estaba produciendo en mí.

—¿Y qué fue de tu eterna «amiga» Ansiedad? —me preguntó el Universo.

—¿Quién?

«¡Mi ansiedad!», recordé entonces. ¡También había desaparecido de mi vida sin darme cuenta!

Estaba tan feliz viendo cómo el «buen tiempo» estaba asomando por mi vida que aproveché para ir a ver a mi podóloga, la cual me había obligado a bajar de mis tacones para dejarlos en una maravillosa vitrina como recuerdo de un pasado que no sabía si volvería.

Al verme, me recordó que el estado en el que se encontraban mis pies era muy grave a causa del maltrato al que fueron sometidos durante años, por mi afición a llevar tacones tan altos.

—¿Por qué tardaste tanto tiempo en buscar una solución? —me preguntó.

Al escuchar sus palabras me di cuenta de que había hecho lo mismo con mis emociones negativas.

—Porque soy idiota —le contesté, encogiéndome de hombros.

Se me quedó mirando muy seria, deduzco que extrañada por mi respuesta, mientras manipulaba una silicona adicional para mi pie izquierdo, el único que me dolía. Cosa que, además, le resultaba raro, dado el estado en el que se encontraban los dos. Algo para lo que yo ya tenía respuesta, aunque no creí necesario explicarle el motivo por el cual todas mis dolencias se habían concentrado en la parte izquierda de mi cuerpo.

—¿Tienes hijos? —me preguntó, intentando averiguar si la falta de tiempo habría sido la razón por la cual no había ido antes a su consulta.

—No. Simplemente soy idiota —volví a repetirle—. No quise aceptar que debía bajarme de mis tacones hasta que el dolor me había impedido caminar.

—Pues sí, ¡entonces eres idiota! —dijo con una leve sonrisa. Y añadió—: ¡Pero si estás «muy mona» con zapatillas de cordones!

—Tienes razón. Acabo de descubrir que hay vida después de los tacones —le dije sonriendo.

No podía creer que una adicta a los tacones dijese eso. Le gustó tanto la frase que me hizo repetírsela varias veces mientras la anotaba en una libreta con la idea de hacer un cartel y colgarlo en la pared de su consulta para que estuviese a la vista de sus pacientes.

Cuando salí de allí, con doble plantilla para el pie izquierdo, me di cuenta de que me había dedicado toda la vida a alimentar todo tipo de resistencias, y se me daba muy bien, de hecho. Me decía: «¡Hay vida después de las emociones negativas! ¡No hace falta que volváis por aquí, ya no os necesito!».

—Norma —me habló el Universo—, no podrás evitar que vuelvan alguna que otra vez. Cuando ocurra, ten una charla «amistosa» con ellas e invítalas a marcharse.

—¿Que tenga una charla, dices?

—Es muy fácil de entender: imagina que se abre el telón y ves a una dama de la corte francesa del siglo XVIII con un precioso vestido de tafetán azul, recibiendo a una «vieja amiga» en el salón de su casa de campo, sirviéndole una taza de té en su vajilla de porcelana y charlando amistosamente de sus diferencias «reconciliables» frente a una chimenea de madera tallada. Y al finalizar, la acompaña hasta la puerta y se despide de ella con un afectuoso abrazo.

—Parece sencillo explicado así… —contesté con una sonrisa.

—Igualmente, me gustaría decirte algo sobre las emociones negativas que quizá te sorprenda. Y es que, aunque no lo creas, a veces, son necesarias.

—¿Necesarias? ¡Ahora sí que no entiendo nada! —contesté.

—Sí. Verás, aunque resulten desagradables y, en ocasiones, dolorosas, proporcionan la posibilidad de conocerte mejor, aportan equilibrio mental y una serie de destrezas o habilidades que ayudan a evolucionar. Algo que no consigues si las reprimes y no las dejas fluir.

—Señor Universo —interrumpió Charlie—, con su permiso, me gustaría contarle a Norma un precioso cuento que podría ayudarle a comprender lo importante que es aprender a convivir con ellas.

—Claro, ¡adelante!

—Érase una vez un reino donde residían dos reinas. En el lado oeste vivía Lía, la Reina Cowboy. La llamaban así porque, aunque perseguía lograr un aspecto femenino y elegante, siempre acababa llevando vaqueros de tejido áspero y rudo, camisa blanca, botas de piel, sombrero de copa ancho de fieltro y un cinturón de balas que contenían su mayor colección de emociones negativas: la Ira, la Rabia, la Inseguridad, la Impaciencia, la Intolerancia, la Tristeza, el Miedo y la Culpa.

»En el lado este vivía Gabrielle, la Reina de la Armonía. La llamaban así porque siempre iba impecablemente vestida. Un día, mientras paseaba tranquilamente por los jardines de palacio, oyó tiros que provenían del lado oeste. Sin pensárselo dos veces, salió corriendo hacia allí para ver qué ocurría.

»Cuando llegó, se encontró a la Reina Cowboy llena de furia descargando al aire todas sus emociones negativas. La Reina de la Armonía le pidió que dejase de hacer ruido y que buscase dentro de sí el modo de encontrar el equilibrio para poder disfrutar de una vida plena. La Reina Cowboy, que la admiraba profundamente, le contestó que ya lo había intentado todo, pero que nunca conseguiría ser como ella, tan majestuosa y elegante. La Reina de la Armonía meditó un momento y decidió ayudarla invitándola a pasar una temporada con ella en su palacio.

»Cada día se levantaban temprano, desayunaban juntas y daban largos paseos por los alrededores del palacio, charlando y disfrutando de la naturaleza. Veían películas en la sala de cine, jugaban al billar, a las damas…

»Al cabo de unas semanas, viendo que la Reina Cowboy parecía estar mucho más relajada, la Reina de la Armonía decidió ir más allá y la invitó a visitar el Salón de los Espejos, donde exponía su mejor colección de vestidos, cuidadosamente colocados sobre un pequeño altar. La Reina Cowboy, que se había pasado la vida llevando vaqueros, los observó atónita por la gran belleza de sus tejidos. Cada uno de ellos llevaba puesta una etiqueta: la Paz, la Paciencia, la Tolerancia, la Alegría, la Humildad, la Compasión, la Serenidad, la Seguridad, la Confianza, el Amor y, también, el Fuego Interno. Este último, custodiado dentro de una gran urna de cristal.

»—Gabrielle, ¿qué tiene de especial el vestido del Fuego Interno que no tienen los otros? —le preguntó.

»—También lo necesito para vivir, aunque solo me lo pongo en «ocasiones especiales». Por eso está guardado bajo llave. ¿Te gustaría probarte alguno? Estoy segura de que te sentarán muy bien.

»La Reina Cowboy escogió el vestido de la Alegría y, aunque le iba un pelín justo, consiguió abrocharse los botones.

»Al día siguiente le propuso probarse otro y, en esa ocasión, escogió el vestido de la Serenidad y, aunque tuvo que volver a hacer otro esfuerzo para abrochárselo, también consiguió que le quedase perfecto. Y así, día tras día, con cada uno de ellos.

»Cada vez que se probaba uno, se observaba fijamente en los espejos del salón y parecía disfrutar con su nuevo aspecto. Pero, al cabo de unas semanas, mientras la Reina de la Armonía se encontraba descansando en su habitación, comenzó a oír tiros que provenían de la parte trasera del palacio, donde se encontraba el cobertizo. Salió corriendo para ver qué ocurría y se encontró a la Reina Cowboy, que había rescatado su antiguo atuendo vaquero, volviendo a descargar con su rifle todas sus emociones negativas.

»—¿Lo ves, Gabrielle? —le dijo angustiada—. Por mucho que lo intente, al final, mi pasado siempre vuelve.

»La Reina de la Armonía, que se había puesto su vestido del Fuego Interno, le contestó:

»—Lía, una vez que has conseguido disfrutar del placer que proporcionan las emociones positivas en tu vida, estas se quedan para siempre a tu lado. Tu problema es que pretendes hacer desaparecer para siempre a tus emociones negativas. Y eso no lo conseguirás nunca porque no podrás eliminarlas, solo transformarlas, de manera que, cuando vuelvan a ti, lo hagan de forma más elegante. De lo contrario, cuando las rechazas, se rebelan y acaban saliendo a la superficie arrasando con todo lo que se encuentran a su paso. Y es importante que aprendas a convivir con ambas, porque juntas aportan el equilibrio que necesitas para poder superarte a ti misma.

»—¿El equilibrio, dices?

»—¿Cómo creías que había conseguido convertirme en la Reina de la Armonía? Mi Fuego Interno también es muy importante para mí, pues me proporciona el coraje que necesito para conseguir mis mayores propósitos. Mi inseguridad, por ejemplo, me ayudó a esforzarme por buscar dentro de mí capacidades que desconocía que poseía. Lo que me permitió adquirir la confianza y la seguridad que nunca tuve. Querida…, yo también sabría disparar solo mis emociones negativas, pero la belleza del alma se encuentra en la sutil mezcla de las debilidades con las fortalezas, que es lo que hace que una mujer sea tan refinada como seductora. Y una verdadera dama ha de saber sacar lo mejor de sí misma y dejar su Fuego Interno solo para las «ocasiones especiales». ¿Lo has comprendido?

»—Totalmente —le contestó, agradecida por la lección tan importante que acababa de darle, mientras intentaba deshacerse de su atuendo vaquero.

»—Espera, Lía. Aún no. ¡Pásame tu rifle, que voy a enseñarte cómo dispara una gran dama!

—¿De quién es? —preguntó el Universo al finalizar—. Nunca había oído hablar de él…

—¡Es mío! —contestó orgulloso.

—¿Tuyo? —dijo sorprendido.

—Sí, mío. No subestime las capacidades de un «chico de prácticas», señor Universo…

—Por supuesto —contestó sonriendo.

—Me ha encantado, Charlie —le dije—. Tomaré buena nota de ello…

—¿Cómo creías que había conseguido acercarme a [illegible] la Reina de la [illegible]? Mi [illegible] [illegible] es una importante pieza en [illegible] [illegible] el [illegible] que necesito para [illegible] [illegible]. Mientras tanto, por ejemplo, me [illegible] para [illegible] dentro de sus [illegible] que [illegible] una pieza. Lo que me permitió adquirir la confianza [illegible] [illegible] Oscuridad [illegible] [illegible] y negociar [illegible] [illegible] se encuentra en la [illegible] de las debilidades con las fortalezas, que es lo que hace que una empresa [illegible] (como empresario). Y una [illegible] [illegible] de saber [illegible] en la misma y [illegible] para [illegible] [illegible] compatible.

—[illegible] —le contestó [illegible] [illegible] que [illegible] más [illegible]; [illegible] de [illegible].

—[illegible] no fue Pasamontes, que [illegible] [illegible].

—¿[illegible] es? —preguntó [illegible] [illegible].

—[illegible] —contestó [illegible].

—[illegible] empresario.

—[illegible] de la [illegible] [illegible].

—[illegible] de [illegible] —puesto sonriendo.

—[illegible] —[illegible] [illegible].

CAPÍTULO 8

Aprendiendo a quererme

«Solo hay una cosa que sana todo problema: amarse a uno mismo».

Louise L. Hay, *El poder está dentro de ti.*

Y llegó el momento de trabajar mi resistencia más dura: aprender a quererme. ¡Ahora sí que iba a necesitar un ejército para atacarla por todos los frentes!

Para mí, quererme era hacer la cama de forma que los dos lados quedasen milimétricamente simétricos y sin ninguna arruga visible. Y relajarme, disfrutando de todas las cosas bellas que tenía a mi alcance, no parecía entrar en mis planes.

Una de mis pasiones eran las plantas. Tenía un jardín precioso y me relajaba mucho cuidar de él. Podía pasarme horas regándolo o eliminando cualquier hoja seca que viese asomarse por algún sitio. Pero, cuando el jardín estaba perfecto y no había nada que hacer, solo disfrutar de él, era incapaz de hacerlo. Me sentaba, lo observaba, y sin poderlo evitar me levantaba y cambiaba las macetas de sitio o podaba las flores, aunque fuese fuera de temporada.

Supongo que me veían feliz y aguantaban la presión a la que las sometía. Aunque también podría ser el motivo por el cual algunas de ellas morían sin motivo aparente.

—«¡Adiós, mundo cruel, que esto no hay quien lo aguante!», les oía yo gritar —dijo Charlie al escuchar mis reflexiones.

Y como era de esperar, el Universo se puso en marcha a toda prisa, creando diversas circunstancias en un intento de ayudarme a solucionar un problema que me pesaba demasiado.

Y así fue como un día empecé a darme cuenta de que algunas personas tenían comportamientos mucho más afectuosos conmigo de lo habitual. Me halagaban o me hacían algún que otro regalo sin motivo aparente. No entendía qué ocurría a mi alrededor, pues no había hecho nada especial para merecerme tantas muestras de cariño que, por otro lado, me hacían sentir incómoda.

—Me ha parecido ver rondar a una mujer algo desbordada por tantos regalos y atenciones... —me dijo el Universo.

—Hola, Universo. Es que los elogios me hacen sentir incómoda, provengan de donde provengan. Me siento mejor cuando soy yo la que los doy a los demás.

—Te sientes mejor con las críticas, ¿es eso?

—No, claro que no. Solo que no sé qué hacer con ellos.

—Sé que no es fácil aceptar los elogios como algo natural cuando has estado toda la vida con tanta falta de amor hacia ti misma. Pero, cuando te quieres, te sientes digna de todo lo bueno que está a tu alcance, y te das cuenta de que la sensación de recibir puede ser igual de buena o mayor que la de dar.

—Pues no sé cómo lo lograré, la verdad…

—Abriéndole las puertas a cualquier forma de recibir amor. De lo contrario, no podré entregarte todos esos sueños que anhelas, esos que siguen guardados en el Departamento de Sueños Realizables, y que tanto me reclamas. Por favor, Charlie, explícale qué dice el manual de «Planes del Universo» respecto a lo que estamos hablando.

—Sí, a ver… —dijo mientras cogía su cuaderno de notas—. Aquí está. Dice así: «Solo recibirás aquello que estés preparado para recibir. Es muy importante que seas consciente de ello, pues el Universo no moverá un dedo mientras no haya coherencia entre lo que pides y lo que sientes de verdad que te mereces».

—¡Pero si ya siento que me merezco todo lo bueno! —dije.

—¿Que lo sientes? Deja que lo ponga en duda, querida. Por favor, Charlie, acércate, que le vamos a grabar algo en la frente para que se lo vea cuando se mire en el espejo: ¡Te-lo-me-re-ces!

—¡No hace falta, no hace falta! —dije, llevándome las manos a la cara.

—Otro de los motivos por los cuales no aceptas regalos así como así es empeñarte en ser la «señorita perfecta», esa que cree que puede conseguir todas las cosas por sí misma porque no le gusta depender de nadie ni deberle nada a nadie. Y de lo que no te has dado cuenta aún es de que, cuando rechazas un regalo, es como si dijeras que no necesitas las limosnas de nadie. Entonces, si estás esperando que yo te ayude a hacer realidad algún que otro sueño que tienes pendiente y la «señorita perfecta» cree que lo ha de conseguir todo por sí misma, ¿qué haces pidiendo? ¡Consíguelo por ti misma, chica!

—*Touchée* —respondí.

—Me alegra ver que lo has entendido. Entonces, no hay nada más que decir al respecto.

—Universo —dije, respirando profundamente—, soy consciente de que tengo que resolver la forma en la que manejo mi autoestima y, sinceramente, no sé cómo voy a hacerlo para transformarlo positivamente.

—No te preocupes. Yo te ayudaré.

—¿Y cómo lo harás?

—Como siempre, creando situaciones que te enfrenten a ello para que vayas practicando cómo quererte más.

—No voy a preguntarte qué me tienes preparado…

—Y yo no voy a contarte mi plan. Solo te diré que, con la ayuda de algún Mensajero minuciosamente seleccionado, te ayudaré a eliminar ese «corsé» tan ceñido y anticuado que llevas puesto, por algo más ligero y elegante que destaque tus virtudes y atenúe tus defectos.

—Norma —intervino Charlie—, la elegancia no es solo lo que llevas puesto, sino cómo te comportas, cómo hablas y cómo sientes, así que debes empezar a desprenderte de todo aquello que te impida ser, simplemente, fabulosa.

—Como dijo Coco Chanel —añadió el Universo—: «La elegancia tiene lugar cuando el interior es tan hermoso como el exterior». Cuando lo consigas, solo llevarás un complemento: ser feliz.

—Muy bien, chicos. Y después de esta conversación tan chic, ¿cuándo empezamos? —dije sonriendo.

—Pronto —concluyó el Universo.

Unos días más tarde, acudí al centro de estética de mi amiga Ella para realizarme el tratamiento de belleza que había quedado interrumpido meses atrás.

—Hola, Norma. Te veo mucho mejor que la última vez —me dijo al recibirme.

—Sí. La verdad es que me hiciste reflexionar mucho y, gracias a ello, empecé a realizar algunos cambios.

—Me alegra oír eso. Por favor, túmbate en la camilla. Primero, te haré tu tratamiento habitual y, después, otro adicional para ayudar a mantener tu piel más luminosa.

—¡Por supuesto, adelante!

Pero, cuando finalizó y fui a pagarle, me dijo:

—Norma, el segundo tratamiento que te he hecho te lo regalo. ¡Disfrútalo!

—No, no, ¡de ninguna manera! —me opuse, acompañada por mi dedo índice, haciendo movimientos de negación de un lado a otro.

—¿Cómo que no? —dijo ella, riendo ante mi reacción—. Te pongas como te pongas, no te lo voy a cobrar.

Mi nerviosismo me hizo decir alguna que otra tontería más, sin sentido, mientras oía risas a mi alrededor.

Cuando me marché de allí, me dije: «Pero ¿desde cuándo no se acepta un regalo?». Sabía que ese incidente no había ocurrido por casualidad, sino provocado por el Universo para ayudarme a reaccionar sobre un tema que me pesaba demasiado.

—¡Lo adivinaste! —exclamó este—. Te estás volviendo toda una experta en lo que se refiere a descubrir una señal en las cosas cotidianas…

—Tendrías que haberme visto con mi amiga Ella. He hecho la peor «interpretación» de la historia. ¡Seguro que me nominan para los Razzies este año! —bromeé, aunque me sentía algo avergonzada.

—Lo hemos visto —afirmó sin dejar de reír—. Preparé una pantalla de cine de 110 pulgadas para la ocasión y Charlie hizo palomitas.

—¡Lo pasamos genial! —gritó Charlie.

—Lo hice —agregó el Universo— para ponerte a prueba y comprobar que tu falta de autoestima te sigue jugando malas pasadas.

—Lo hago inconscientemente. Hay algo dentro de mí que me impide corregir mis «malos hábitos» —dije algo preocupada.

—Norma, cuando la mente ha hecho siempre las cosas de cierta manera, esta se resiste al cambio, por lo que hay que ir educándola constantemente, para que se vaya acostumbrando a una nueva forma de pensar. Por ello, es importante que te esfuerces por sentir, muy profundamente, que te mereces lo mejor y no sentirte culpable por ello.

—No es fácil, pero seguiré intentándolo. Te lo prometo...

Quince días más tarde, volví a ver a Ella. Necesitaba pedirle disculpas por mi comportamiento de la última vez. Y como si el Universo la estuviese manejando como a una marioneta con hilos, volvió a ponerme a prueba.

—¡Lo va a hacer de nuevo, lo va a hacer de nuevo! —gritó Charlie previendo lo que iba a ocurrir—. ¡Ese Mensajero es un *crack*, señor Universo!

—Lo es, lo es. Decidí incluirla en el plan porque, efectivamente, hace muy bien su papel, y Norma necesita coger práctica.

—Claro, claro...

—¡Pero mira, mira…, ya verás como hoy reaccionará mejor!

Después de charlar con ella durante unos minutos, sin darme explicaciones, me pidió que me tumbase en la camilla. Después vi que sacaba de un cajón un producto totalmente desconocido para mí.

—¿Qué haces? ¿Qué es eso? —le pregunté, visiblemente nerviosa.

—Voy a aprovechar que estás aquí para probar un nuevo tratamiento que acaba de salir al mercado, y ya te adelanto que te lo voy a regalar.

Tuve que hacer verdaderos esfuerzos para no saltar de la camilla y marcharme de allí corriendo. Mi resistencia a tan grato regalo estaba buscando la forma de salir de otra situación que volvía a incomodarme. Por lo que, enseguida, pensé en comprarle un regalo como agradecimiento. Entonces, Ella, que parecía estar leyéndome la mente, me dijo:

—Y no me vas a regalar nada, ¿entiendes? Solo vas a darme las gracias. ¡A ver cómo lo haces, que no te he oído aún! —dijo mientras reía.

Le di las gracias y dejé que me mimase sin decir una palabra.

De regreso a casa, imaginé a Ella y al Universo tramando una especie de complot a mis espaldas para ayudarme a abrirme a una nueva sensación que, sin duda, comenzaba a aportarme un bienestar interior totalmente desconocido hasta entonces.

—Pues sí, ha sido toda una trama bien planeada —me dijo el Universo—, aunque tengo que decir que el mérito es todo suyo. No nos ha costado mucho hacerle actuar tal y como lo ha hecho.

—La verdad es que no esperaba que me volviese a poner a prueba. Y aunque lo volví a pasar mal, no fue como la primera vez. En esta ocasión, fui capaz de controlar mejor la situación.

—Lo hiciste muy bien. Es cuestión de entrenamiento, así que no te desesperes cuando veas que tu mente intenta librar una batalla entre el bando que te susurrará «Te lo mereces» y el que te dirá «No te lo mereces». Ya sabes que la práctica te llevará a la perfección.

—Tranquilo, estaré siempre en guardia y creo saber cuál de ellos ganará. Estoy descubriendo que se está muy bien allí —dije contenta.

—Me alegra ver que, por fin, has comprendido que quererte ha de ser tu mayor prioridad.

—¿Sabes? Cuando inicié la terapia hace ya algunos meses, pensé que conseguiría hacer de mí otra persona, creando una especie de *collage* formado solo por aquellas cosas que me gustaban de mí. Pero me he topado con la realidad de que eso no será así, solo me convertiré en una versión mejorada de mí misma.

—Efectivamente, así es. Se trata de transformar lo negativo en algo positivo y dejar de gastar energías en pretender ser otra persona. Es decir, rendirte a la realidad de quien eres, de lo que piensas y de lo que sientes. Y aceptarte tal cual, con tus defectos y tus virtudes.

—Así lo haré. Esta lucha absurda ha terminado, te lo aseguro.

—Pues adelante. Ya es hora de brillar con luz propia.

—¿Con luz propia, dices? ¡Marilyn Monroe sí supo brillar con luz propia! ¿Sabes? Soñé con ella en dos ocasiones hace algún tiempo. ¡Parecían tan reales! Estoy segura de que esos sueños llevaban mensajes ocultos para mí, pero, por mucho que lo he intentado, nunca he conseguido averiguar qué querían decirme.

—¿Y qué soñaste exactamente? —preguntó como si desconociera su contenido.

—En el primer sueño, yo estaba en la calle junto a un edificio de cristales oscuros de varias plantas que parecía ser mi lugar de trabajo. Cerca de mí había algunos compañeros charlando tranquilamente, aunque no reconocí a ninguno de los que tengo en la realidad. Marilyn se encontraba también allí. Estaba sentada en un escalón, apartada de todos. Y algo que me llamó mucho la atención fue que estaba muy seria. Llevaba un vestido ajustado, blanco, muy escotado y con un estampado floral pequeño, así como su característica melena rubia platino, perfectamente peinada. Me acerqué a ella y le pedí que se hiciera algunas fotografías conmigo. Lo hizo sin decir nada y, cuando terminamos, la acompañé hasta un coche que la vino a buscar. Luego, me desperté. Algunos meses más tarde, volví a soñar con ella. En este segundo sueño, yo caminaba por la calle y me dirigía a una tienda de reparación de calzado donde había dejado tres pares de zapatos para reparar. Me atendió un señor mayor con cabello blanco que llevaba puesta una bata blanca. Sacó un solo zapato y me lo enseñó. Era blanco y de salón, con puntera estrecha. En ella había pintado florecitas blancas, curiosamente, muy parecidas al vestido que llevaba Marilyn en el primer sueño. Me preguntó si me gustaba y le dije que sí, a la vez que me fijaba en que aún no le había puesto la suela. Seguidamente, apareció Marilyn. En esta ocasión, su imagen se centró solo en su rostro, nuevamente serio. Me dijo: «Ven, voy a darte algo». La seguí e, inmediatamente después, me desperté. ¿Qué crees que significan? —le pregunté.

—Como ya sabes, los sueños son una importante fuente de información. Manifiestan aquello que está oculto en la memoria y crean una historia a través de imágenes para ayudarte a hacerte consciente de tu realidad, mostrándote aquello que no eres capaz de ver. Para interpretarlos bien, siempre hay que prestar atención a todos los detalles, a las personas que intervienen en él, a las circunstancias que rodean al sueño y a los sentimientos que te producen lo que ocurre en ellos; pues te indican el camino a seguir respecto a tus deseos, tus anhelos, tus preocupaciones, tus miedos, y todo aquello que debes resolver. James Redfield, en su libro *La nueva visión espiritual*, escribió lo siguiente sobre la sincronicidad de los sueños (es decir, la coincidencia casual de los sueños con lo que te sucede): «Creo que la clave para descubrir la sincronicidad de los sueños radica, en definitiva, en ir más allá de la interpretación convencional de estos símbolos y concentrarse en el cuadro de situación más amplio: el significado que rodea el argumento y los personajes del sueño. Allí podemos encontrar mensajes de una naturaleza más personal que corresponden a menudo directamente a situaciones específicas que enfrentamos en la vida. [...] Tal vez el sueño nos esté diciendo que nos despertemos y veamos el conflicto, y que sepamos que, si prestamos atención, es posible encontrar una potencial solución».

—En tu caso —prosiguió—, sueñas con Marilyn Monroe porque siempre fue tu inspiración y tu subconsciente la está utilizando para ayudarte a prestar atención a alguna cosa importante. Así que lo primero que vamos a hacer para intentar analizarlo bien es saber qué fue lo primero que te atrajo de Marilyn cuando eras pequeña, que es cuando empezaste a sentir admiración por ella.

—Casualmente, es la misma pregunta que me hizo mi terapeuta la primera vez que le hablé de mi pasión por ella.

—¿Ah, sí? ¿Y qué le dijiste?

Recordé, inmediatamente, una fotografía que tenía colgada de ella en la pared de mi cuarto cuando era niña. Y después de algunos segundos, le dije que su gran sonrisa.

—¿Te refieres a esa gran sonrisa que siempre faltó en tu interior?

—Puede ser —respondí mientras meditaba sobre lo que me acababa de decir.

—Norma, quiero que prestes atención a un dato muy curioso y común en ambos sueños: Marilyn siempre aparece muy seria. En el primero, además, pasa totalmente desapercibida entre la gente que tiene a su alrededor. Algo inusual en ella, pues ya sabes que la Marilyn que todos conocemos inundaba multitudes con solo su presencia. También, que el sueño se desarrolla junto a un edificio donde están tus compañeros de trabajo, quienes, aunque no los reconoces, simbolizan tu área profesional. Por lo que es en esa área de tu vida donde se ha de aplicar el contexto del sueño.

—Sí, pero no entiendo muy bien qué tiene que ver Marilyn con mi área profesional…

—Intenta decirte que esa parte en la que siempre te has fijado de ella, la que brillaba exteriormente, nunca fue real.

—¿Cómo que no? No entiendo…

—Marilyn nunca fue totalmente feliz, a pesar del éxito que consiguió y de lo que demostraba exteriormente. Se sentía vacía y sola a causa de una infancia llena de episodios oscuros que la sumieron en una inestabilidad emocional constante. Algo contra lo que intentó luchar desesperadamente durante toda su vida. Por eso aparece seria en tu área profesional, para decirte que el éxito externo nunca te dará el tipo de felicidad que buscas.

—Entonces, lo que Marilyn me ha intentado mostrar es que no ha sido más que una fantasía para mí, que nada de lo que he visto en ella ha sido real.

—Así es…

—¿Y cuál crees que es el significado del segundo sueño? ¿Qué significan esos zapatos que aparecen en él?

—El zapato representa la personalidad y las preferencias de la persona que lo lleva puesto, y su estado, cómo caminas por la vida. Y aunque el aspecto externo del zapato que te enseña el zapatero es muy bonito, lo más importante, la suela para poder caminar con ellos, aún no está puesta. Lo cual quiere decir que aún no estás preparada para «caminar» adecuadamente en algún aspecto de tu vida.

—Ya… ¿Y qué crees que quería darme Marilyn cuando me dice que la siga? Es algo que me tiene obsesionada desde entonces.

—Si no te lo mostró, fue, probablemente, porque no era el momento de hacerlo. No obstante, sigue atenta a tus sueños y quizá se te desvele más adelante. De momento, quédate con la información tan valiosa que te ha transmitido y deja, de una vez por todas, de esconderte detrás de tus gafas de sol. ¿Sabes a qué me refiero? ¿Hablamos ahora de lo que ocurrió ayer en la consulta de la terapeuta? —preguntó entre risas.

—¿Estabas allí? ¡Por favor, no me lo recuerdes! —dije totalmente avergonzada.

—Pues no, esta vez opté por verte desde nuestra sala de cine, que tiene una maravillosa pantalla panorámica, rodeado de todos mis colaboradores, para que no se perdiesen la oportunidad de ver tu mejor actuación hasta ahora —dijo, intentando contener la risa.

—Norma —intervino Charlie—, ¡tu actuación fue digna de un Oscar! ¡Espero que me invites a acompañarte a la próxima gala para ver cómo recoges tu estatuilla! —dijo, riendo a carcajadas.

—¿Podrías decirme —continuó el Universo intentando ponerse serio— por qué razón hiciste la sesión con gafas de sol?

—Ni siquiera me di cuenta de que las llevaba puestas hasta que me marché de la consulta. Y no entiendo por qué mi terapeuta no me dijo nada. Debió extrañarle...

—No te dijo nada porque es una gran profesional, aunque no dejó de preguntarse por qué te escondías detrás de ellas. Pero no te preocupes, porque la próxima semana te hablará profundamente de ello. De momento, voy a pedirle a Charlie que te haga su propio análisis. Está en la recta final de sus prácticas y quiero comprobar qué piensa de ello. ¡Adelante, Charlie!

—Norma, dejarte puestas las gafas en el momento en el que, casualmente, estás trabajando tu falta de autoestima es una prueba muy reveladora de que, de forma inconsciente, te escondes del mundo y no te dejas ver. Pero lo que no sabes es que tú también puedes brillar con luz propia si te lo propones.

—Pero ¿cómo?

—Sacando a la luz todos los valores que tienes y que te niegas a reconocer en ti misma —dijo el Universo—. En cuanto lo hagas, empezarás a brillar internamente y, como consecuencia, lo reflejarás en el exterior.

—Es que no sé a qué valores te refieres. No creo tener ninguno en especial.

—¿Ah, no? Pues érase una vez una niña pequeña que inició su afición a escribir cuentos para intentar evadirse de un hogar infeliz e inestable. Era completamente feliz cuando se sumergía en un mundo en el que se sentía libre creando todo tipo de historias imaginarias y bellas. Animada por una profesora que supo reconocer el gran talento que tenía, se presentó a un concurso de cuentos infantiles organizado por el colegio. Aún recuerdo la emoción que sintió cuando recogió el primer premio. Años más tarde, decidió emprender el camino de convertirse en escritora, algo que, sin duda alguna, todo el mundo es capaz de hacer con solo proponérselo —dijo con ironía—. Recuerdo la cantidad de horas, días, semanas, meses y años que pasó preparándose en solitario para ello, así como los momentos de desánimo y la cantidad de versiones de sus escritos que acabaron en la papelera. Nadaba entre el sórdido mundo del no puedo y la pasión que sentía por lo que hacía, la cual le susurraba al oído que no importaba el tiempo que tardase en conseguirlo, que solo se trataba de probar y probar hasta que saliese bien.

»También recuerdo una época en la que tuve que forzarla a realizar un pequeño pero importante cambio en su vida en relación con los hombres, debido a la dependencia que tenía por las relaciones sentimentales destinadas al fracaso. Tenía una necesidad constante de sentirse querida, por lo que recurría a las relaciones amorosas para cubrir ese vacío que sentía dentro de sí. Recuerdo el gran esfuerzo que hizo por deshacerse de una creencia que le había acompañado toda su vida y que decía que, para ser feliz, debía tener a un hombre a su lado, alguien que llenase su soledad. Y lo consiguió. Pasó con éxito todas las pruebas a las que la enfrenté antes de poner en su camino a Pablo, el hombre que compartiría su vida para siempre. Nunca olvidaré el día que lo conoció…

—¿Estaba usted allí ese día? —preguntó Charlie.

—¡Pues claro! Lo elegí yo y no iba a perderme un momento así. Y como quería verlo desde primera fila, la esperé apoyado al lado de la puerta de su despacho. Hasta recuerdo lo que llevaba puesto ese día: una falda negra de tubo por debajo de la rodilla, una blusa satinada gris perla con las mangas remangadas, unos *stilettos* y su melena larga suelta y ondulada.

—Recuerdo perfectamente ese caso —dijo Charlie—. Nos puso el vídeo en clase para que viésemos cómo había diseñado la escena el Equipo de Diseño. Norma se despertó algo más tarde que de costumbre para ir a trabajar y se vistió a toda prisa con un traje de chaqueta negro y una camisa blanca. Como llegaba tarde a la oficina, iba corriendo de un lado a otro por toda la casa con el café en la mano y, en un descuido, chocó con un mueble de la cocina y se lo vertió encima. Por lo que no tuvo más remedio que cambiarse de ropa en el último momento.

—Digamos... que no fue casualidad. Ya sabes que a Norma le gusta preparar la noche anterior la ropa que se pondrá al día siguiente y, como no nos gustó su elección, tuvimos que improvisar. Era el día elegido para que se conocieran y queríamos que estuviese impresionante. De modo que, en cuanto se durmió, atrasamos su reloj y así pudimos provocar un cambio de *look,* por otro más apropiado.

—¡Qué pillines! —dijo con una sonrisa de oreja a oreja.

—Charlie, no olvides que nos gusta hacer nuestro trabajo de forma impecable.

—Claro, por supuesto...

—Entonces, como recordarás, Norma tenía una reunión a primera hora junto al equipo de abogados con el que trabajaba y un posible nuevo cliente. Y, según lo previsto, llegó con el tiempo justo. Entró en su despacho a coger unos documentos y salió a toda prisa hacia la sala de juntas que se encontraba al fondo del pasillo. Y al pasar por delante del ascensor, tropezó con Pablo, que llegaba en ese momento. Él la miró, ella lo miró y...

—... y se enamoraron al instante. Fue como uno de esos flechazos de película —dijo Charlie con un hondo suspiro al evocar las imágenes.

—Aún recuerdo a todo el equipo de diseño aplaudiendo emocionados, abrazándose unos con otros por el gran trabajo realizado. Y la última vez que la vi —continuó dirigiéndose a mí—, estaba superando un plan de un tal Universo, como una verdadera heroína. ¿No crees que a eso se le llama tener valores y que es suficiente motivo como para sentirte muy orgullosa de todas las cosas que has conseguido hasta ahora, gracias a tu esfuerzo y perseverancia y al valor que has tenido al enfrentarte a todos los fantasmas de tu pasado tan duramente para lograr cambiar tus sentimientos de forma tan positiva? Te sorprenderías de la cantidad de gente que no ha tenido ni tendrá nunca el valor de reescribir su vida como lo estás haciendo tú. Piensa en ello...

—Tienes razón... No había sido consciente de ello hasta que me has recordado todos esos momentos de mi vida. Universo, sé que he ido toda la vida en la dirección contraria, pero te prometo ahora mismo que voy a tener una conversación muy seria con mi resistencia a valorarme y a aceptarme tal cual soy. Sé que tendré que gritarle mucho para que me oiga bien, porque se ha quedado un poco sorda los últimos años, pero no te preocupes, que me va a oír. ¡Vaya que si me va a oír!

—¡Qué graciosa te pones a veces!

—¿Que yo soy graciosa?

—Sí, túúúú.

—Vale, vale, ¡lo soy, lo acepto y lo merezco! —contesté riendo.

—Dejémoslo —dijo el Universo moviendo la cabeza de un lado a otro.

—¡Qué paciencia la mía! ¡Con el trabajo que tengo! Venga, sigamos con el otro caso, que vamos un poco retrasados. ¡Charlie! ¡Charlieeeee!… ¿Dónde estás? —gritó al ver que no contestaba.

—¡Estoy aquí, señor Universo! No me grite, que no estoy sordo. Y, por favor, tranquilícese, que lo veo un poco nervioso.

—Es que estamos desbordados con varios planes a la vez y, si nos andamos con risitas, no vamos a ninguna parte.

—Pero, señor Universo —le dijo intentando calmarle—, usted sabe tan bien como yo que un poco de humor ayuda a hacer las cosas de una forma más llevadera.

—Sí, Charlie, tienes razón. Debo estar cansado.

—Pues descanse, que, mientras lo hace, me voy a ver un Reportaje Instructor.

—¡De esos que llevan alas, quizá! ¿No crees que deberías estar estudiando para los exámenes finales?

—Sí… Bueno…

—Mira, haz lo que quieras. Estoy demasiado cansado para pensar. Ya lo haré mañana.

—Me recuerda a Scarlet O'Hara oyéndole hablar así… ¿Conoce la película *Lo que el viento se llevó*?

—¡¡Sí, Charlie, sííííí!! —respondió de mala gana.

—Así que también la ha visto… ¡Si en el fondo es usted un romántico!

—¡¡Charlie!! —dijo alzando la voz.

—De acuerdo, de acuerdo… ¡Ya me marcho a estudiar! «Después de todo, mañana será otro día» —dijo recordando otra frase célebre de la película.

CAPÍTULO 9

La felicidad. Y por fin llegó ella...

Después de varios meses de intenso trabajo personal, deshaciendo esos nudos que no me permitían sacar lo mejor de mí, en que comprendí que había estado equivocada en la forma de interpretar mi propio sufrimiento, con pensamientos nuevos, con más seguridad en mí misma y sintiendo el amor que nunca había sentido de mi madre, conseguí que la felicidad se sentase en primera fila para contemplar cómo se reescribía el guion de la que ya sería mi nueva vida.

—¡Qué feliz me siento, Universo! —le dije con una sonrisa radiante.

—¡No sabes cuánto me alegro! Cuando llegas al lado del mundo en el que uno se siente pleno interiormente y fuerte emocionalmente, todo empieza a funcionar bien. Las relaciones y la salud mejoran, y atraes todo tipo de situaciones positivas a tu vida.

—¡Y qué diferente lo veo todo ahora! No entiendo por qué no logré hacer este cambio antes...

—La comprensión de tu sufrimiento no la podías alcanzar sola. Eso solo se consigue a través de un guía. Por eso tuve que poner en marcha el Plan de las Emociones Ocultas. Pues solo con él es posible llegar hasta donde tú has llegado.

—Acudir a ti para que me guiaras fue todo un acierto, sin duda.

—A mí y al gran trabajo que ha hecho tu terapeuta, que ha tenido la destreza y la sabiduría necesarias para ayudarte a destapar todo aquello que estaba oculto en tu subconsciente y transformarlo positivamente.

—Por supuesto. Me dio la seguridad y la confianza precisas para que, semana a semana, sacase todos esos fantasmas que estaban en mi interior, sin miedo a ser juzgada.

—Norma, aún te quedan algunas pequeñas cosas por resolver, pero aquello que no te permitía sacar lo mejor de ti misma y no te dejaba ser feliz ya lo has conseguido. Te felicito, porque no todo el mundo está preparado para enfrentarse a sus sombras y luchar como tú lo has hecho por sacar tu mejor versión.

—¡Aún no puedo creer que me sienta así! ¡Es tal y como siempre deseé! —exclamé eufórica.

—¡Ya casi estás para entrar a vivir! —bromeó.

—¡Qué cosas tienes! —dije entre carcajadas.

—Por cierto, ¿te has fijado en tu jardín últimamente? Nunca lo habías tenido así de frondoso.

—Es cierto, ¡no me había dado cuenta! Mis flores parecen haber vuelto a la vida. ¡Qué bonitas están!

—Transmites una energía diferente a la del pasado y ellas la han percibido. Por eso tienen mejor aspecto que nunca. No es ninguna casualidad. Ya sabes que, cuando todo marcha bien a nivel interno, el exterior también se vuelve «frondoso» en todo su esplendor. ¡Hasta las plantas!

—Claro, tiene sentido —asentí mientras lo observaba—. Como ahora me cuido más, también lo hago con todo lo demás.

—Así es…

—Gracias, Universo, por guiarme a través de tus señales.

—Gracias a ti, por seguirlas. Y ahora, disfruta de este momento. ¡Te lo mereces! ¡Hasta pronto!

Algo más tarde…

—Charlie —habló el Universo a su aprendiz—, ha sido un caso difícil, pero, gracias a que Norma es una gran seguidora de mis señales y a que tiene una especial capacidad para observar todo lo que ocurre a su alrededor y conectarlo con lo que sucede en su vida, hemos podido conseguir nuestro objetivo en el menor tiempo posible. De no ser así, todo hubiera ocurrido mucho más lento o, simplemente, no hubiese sucedido.

—¡Es que el plan ha sido muy bien diseñado, señor Universo!

—Por eso es tan importante hacerlo de forma totalmente personalizada, adaptándolo a las necesidades de cada persona, pues cada uno necesita atravesar distintas circunstancias para conseguir el objetivo deseado. En este caso, la clave fue derivarla a nuestro Mensajero Especializado.

—Sin duda, señor Universo. ¡Ha sido el Sherlock Holmes del Plan de las Emociones Ocultas! —dijo haciendo volar su fantasía.

—Marta es la mejor cuando se trata de hacer visible lo invisible. Tiene una habilidad para observar y razonar que hace de ella la mejor en su especialidad —reconoció orgulloso.

—Lástima que no todo el mundo esté dispuesto a enfrentarse a sus fantasmas del pasado, ¿verdad, señor Universo?

—Cierto. Cambiarían sus vidas de una forma que ni se imaginan.

—Prefieren permanecer ciegos y desperdiciar la oportunidad de ser felices.

—Así es, Charlie, así es... Pero no olvidemos que cada uno es dueño de su propio destino y que da igual la cantidad de señales con las que se crucen en su vida o las circunstancias por las que les hagamos atravesar, si uno no está dispuesto a hacer cambios en su vida, nada cambiará.

—Bien, ¿y ahora qué? ¿Qué será lo próximo que ocurrirá en su vida?

—Vamos a ponernos en marcha con la realización de uno de sus mayores sueños: la publicación de su libro. Sé que la hemos estado haciendo esperar más de lo previsto, pero no podía ocurrir hasta que no estuviese preparada para enfrentarse a todo lo bueno que va a vivir y ser capaz de disfrutar de ello.

—Y sin ansiedad por conseguir el éxito externo, que es lo que usted pretendía, ¿verdad?

—Efectivamente, ese era el plan.

—Señor Universo, ¿recuerda aquel mensaje que le envió cuando decidió emprender el camino de convertirse en escritora?

—¿Te refieres a «Más de lo que imaginas»?

—Sí, ese. ¡Hay que ver cómo ha mejorado su vida desde entonces!

—Y aún cambiará más. Esto solo es el comienzo. Ese mensaje llevaba ocultas muchas cosas, como su transformación interior y el descubrir su verdadera vocación para ayudar a otras personas a cambiar sus vidas a través de su propia experiencia. Y de paso, ayudarme a mí a recuperar el índice de popularidad que he perdido en los últimos tiempos.

—¿Y por qué la escogió a ella? —preguntó.

—Porque me gusta su estilo fresco y cercano.

—¿Y ya sabe ella que, de alguna forma, la está «utilizando» para llegar a lo más alto?

—No. Pero ya lo sabrá. No quiero distraerla con eso ahora. Por cierto, hace unos días volvió a pedir mensajes que le confirmasen si lo publicaría o no algún día, y te pedí que le hicieses llegar la respuesta. ¿Lo hiciste?

—¡Sí, claro! Aprovechando que sabía que se iba unos días de vacaciones a Almería con Pablo, estudié bien la ciudad y, cuando llegaron, les hice perderse un poco mientras intentaban localizar su hotel.

—¿Y?

—Les hice pasar por delante del Hotel Fama.

—¡No está mal! Pero ¿lo percibió como la respuesta a su pregunta?

—Sí. Pero, a pesar de que la palabra *fama* puede interpretarse como la llegada del éxito y, por tanto, se trataría de un mensaje afirmativo a su pregunta, su temor a que no fuese más que una paranoia suya ante un deseo tan profundo le hizo descartarla y pedirle una nueva señal.

—¿Y qué hiciste?

—Pues el plan B fue hacerles pasar por la calle Triunfo. ¡Tendría que ver la cara que puso cuando la vio! ¡Le aseguro que no tuvo la menor duda de que se trataba de la respuesta! —dijo riendo a carcajadas.

—¡Buen trabajo, Charlie! —lo felicitó el Universo también entre risas—. De todas formas, será necesario que tenga una conversación con ella, pues últimamente la noto algo desanimada con ese tema y no debemos dejar que decaiga en su objetivo por culpa de su eterna impaciencia. Y ya sabes cómo odio las prisas —dijo preocupado—. Cada vez que Norma se impacienta, se le escapan detalles esenciales. Y si se obsesiona con llegar a la meta y no está atenta, el sueño de verlo publicado algún día se retrasará indefinidamente.

CAPÍTULO 10

Cuando esté preparada

«Si estás triste, ponte más pintalabios y ataca».

Coco Chanel.

Había pasado algo más de un año desde que había enviado mi libro a las últimas editoriales, sin respuesta alguna. Y a pesar de las continuas señales que me indicaban que lo publicaría, la desconfianza se apoderaba de mí. De la ilusión y de creer ciegamente en él pasaba a la creencia de que el camino que había tomado de convertirme en escritora no había sido más que una quimera, y que todas las editoriales habían acabado apilando mi libro en la montaña de manuscritos descartados. Por lo que seguía pidiéndole al Universo, una y otra vez, que me diese respuestas. Si estaba perdiendo el tiempo, quería saberlo.

—Tu impaciencia está haciendo de las suyas —me dijo el Universo al oír mi desánimo—. Por favor, no dejes que entre en escena.

—Te recuerdo un mensaje que me enviaste mientras lo escribía, que decía: «Lo publicarás rápido». Para ti es muy fácil decir que el problema es mío y que lo que pasa es que no tengo paciencia. Pero lo que realmente creo es que te equivocaste y que no eres infalible —protesté enfadada.

—¡Yo soy el Universo y nunca fallo! Eres tú la que te empeñas en acelerar el tiempo de las cosas —dijo tajante—. Desde que tomaste la decisión de escribir, has pedido multitud de respuestas sobre si lo publicarías o no algún día, y siempre te he contestado afirmativamente. Una de las últimas veces, mientras estabas de viaje; Charlie te hizo llegar la respuesta mediante dos mensajes. ¿Los recuerdas?

—¿Te refieres a lo del Hotel Fama y la calle Triunfo? Los recuerdo perfectamente. Tienes un colaborador muy guasón, ¿sabes?

—Mucho… —contestó—. Y hace tan solo un par de días, al ver que seguías desanimada, te hice llegar otro a través de la frase de un libro que estabas leyendo que decía: «Muy pronto verás los resultados».

—Lo sé. Hasta me emocioné cuando la leí, pero…

—… pero, aun así, tu desconfianza hizo que volvieses a poner en duda que se tratase de un mensaje.

—Universo, ya sabes que, a veces, tener un deseo muy profundo puede llevarte a interpretar erróneamente una señal, y lo que crees que es un mensaje, en realidad, no es más que lo que quieres ver.

—Deja que te corrija, querida… Es la obsesión.

—Es que es muy frustrante ver cómo pasan los meses sin obtener ninguna respuesta de las editoriales. Ni siquiera negativa. ¡Cero respuestas!

—Ya sabes que todo tiene un motivo y todo sucede cuando debe suceder. Abre los ojos y encontrarás la respuesta.

—Pero ¿qué respuesta? No acabo de entenderte...

—No te preocupes. Voy a ayudarte haciendo un repaso por las principales reglas que has de seguir para conseguir que tu sueño se convierta en realidad, con las mejores garantías. Por favor, Charlie, recuérdaselas.

—Por supuesto: pedir, visualizar, actuar, ser perseverante, ser paciente, mantener una actitud mental positiva, seguir las señales y recibir tu sueño —dijo de carrerilla.

—Ya conozco tus reglas —le dije.

—Me alegro. No obstante, vamos a hablar a fondo de cada una de ellas, porque creo que has olvidado algunos detalles. Por favor, Charlie...

—Sí. Un momento —dijo mientras buscaba sus notas—. Aquí están... Pedir: al Universo podrás pedirle lo que quieras. Puede ser algo grande o pequeño: un trabajo, una pareja, dinero, una respuesta que te ayude a tomar una decisión importante en tu vida o evolucionar en algún aspecto particular. Y podrás hacerlo de muchas formas: formulando la pregunta internamente, en voz alta o, si tienes muchos deseos, a través de una carta.

—¡Sé perfectamente cómo se ha de pedir! —le interrumpí.

—Tienes razón. Esa la dominas a la perfección. Vamos a por la siguiente...

—Enseguida, señor Universo. Visualizar: el proceso de visualización te ayudará a crear la imagen mental de aquello que deseas para que esté vivo en tu interior. Y esta deberá ser muy clara y bien definida. Y deberás centrarte en el deseo ya conseguido y no controlar cómo quieres que se haga realidad, pues eso es tarea en exclusiva del Universo, que será quien ejercerá de director de rodaje del plan y quien decidirá cómo se desarrollarán las circunstancias, hasta acercarte a tu objetivo.

»Actuar —siguió—: es decir, hacer algo en relación con tus objetivos. A veces, bastará con desear algo para que el Universo haga realidad tu sueño como por arte de magia, pero eso no siempre será así. La mayoría de las veces, deberá haber alguna actuación por tu parte para provocar que aparezcan las oportunidades. No olvides que la diferencia entre las personas que han logrado sus objetivos y las que no es que las primeras han hecho algo por alcanzarlos. Por lo tanto, la pasividad no te conducirá a nada.

—Norma —dijo el Universo—, quiere decir que, si quieres resultados, debes provocarlos. Y ya te anuncio que yo no voy a hacer ese trabajo por ti. Cuando sea el momento, te echaré una mano, pero tu parte la tienes que hacer tú.

—Ya he hecho lo que tenía que hacer —repliqué.

—No es cierto. Hace algunos meses te envié este mensaje cuando leías un artículo en una revista, que decía: «Nunca te detengas, aunque todo parezca ir en contra». Y este otro que puse en tu mente: «Si persistes en tus sueños, te convertirás en un ganador». ¿Los recuerdas?

—Sí, sí, los recuerdo…

—¿Y qué hiciste? Nada. Sacaste tu libro del cajón y tuviste una primera tentación de seguir buscando editoriales, pero después decidiste seguir esperando, a ver si alguna de ellas despertaba de su sueño profundo y encontraba tu obra maestra escondida entre un montón de libros aún por leer.

—Es que…

—Lo que te ocurre es que el miedo te paraliza.

—¿Miedo, yo? ¿Miedo a qué? —pregunté.

—Miedo a enfrentarte al mundo, miedo a ser juzgada, miedo a fracasar. Pero ¿sabes una cosa? Lo terrible no es fracasar, sino no haberlo intentado.

—Henry Ford —intervino Charlie— dijo que «el fracaso es solo la oportunidad de comenzar de nuevo de forma más inteligente».

—Gracias, Charlie. Norma… —continuó el Universo—, varias respuestas negativas no significan un fracaso. Quizá no has llamado a la puerta adecuada, quizá no ha llegado el momento o quizá no vas en la dirección correcta —sugirió intentando hacerme reflexionar—. Por favor, Charlie, sigue con la perseverancia, que parece que se le ha olvidado esta parte tan importante.

—Enseguida. Ser perseverante: significa no abandonar nunca hasta haber alcanzado tu meta. Todo dependerá de ti, de tu esfuerzo y de intentarlo una y otra vez hasta que consigas el objetivo deseado. Y no te rindas nunca a pesar de las dificultades con las que te encuentres en el camino. Ante la mínima tentación de abandono, aparca tu sueño en la calle de más abajo; tómate algo fresco y relajante mientras revisas tu objetivo, y, si es necesario, ajusta algún detalle. Luego, vuelve a por él y continúa adelante.

—Entonces, voy a tomarme algo fresco y relajante, y ya volveré más tarde —dije con una sonrisa pícara.

—Aprovechando que hoy hace un sol espléndido, has sacado a pasear tu sarcasmo, ¿verdad?

—Correcto...

—Charlie, continúa con la paciencia, que ya sabemos que esta no ha visto el sol en mucho tiempo.

—Enseguida —contestó intentando contener la risa por el tono que estaba tomando la conversación—. Ser paciente: no importa el tiempo que tardes en conseguir tu objetivo. Si lo llevas a cabo con prisas, no solo te impedirá percibir las señales que el Universo tendrá preparadas para ti y que te serán de gran ayuda para alcanzarlo, sino que no obtendrás el mejor resultado y el éxito se te escapará de las manos. Respecto a la paciencia, señor Universo, precisamente ayer leí un precioso cuento que me gustó mucho y que me gustaría leerle a Norma.

—Sí, claro. Adelante...

—Se titula *El cuadro más bello* y su autor es Pedro Pablo Sacristán. Dice así: «Había una vez en un país un rey amante de la pintura y la naturaleza que quiso poseer el más bello cuadro que pudiera hacerse de los paisajes de su reino. Para ello convocó a cuantos pintores habitaban aquellas tierras, y una mañana los guio hasta su paisaje favorito.

»—No encontraréis una imagen igual en todo el reino —les dijo—. Quien mejor la refleje en un gran cuadro tendrá la mayor gloria para un pintor.

»Los artistas, acostumbrados a dibujar los más bellos parajes, no encontraron el lugar tan magnífico como el mismo rey pensaba y, viendo que su fama y su gloria no aumentarían, se propusieron resolver el encargo rápidamente. Todos tuvieron sus cuadros listos a media mañana, excepto uno, que, a pesar de pensar lo mismo que sus compañeros sobre el paisaje, quiso pintarlo lo mejor posible. Puso tanto esmero en su trabajo que, al caer la tarde, cuando llevaba ya algunas horas pintando en solitario, apenas había completado un pedacito del lienzo.

»Pero entonces ocurrió algo maravilloso. Al ponerse el sol, las montañas crearon un increíble juego de luces con sus últimos rayos y, ayudadas por los reflejos del agua en un río cercano, un extraño viento que retorcía las nubes y los variados colores de miles de flores, dieron a aquel paisaje un toque de ensueño insuperable.

»Así pudo entonces el pintor entender la predilección del rey por aquel lugar y pintarlo con su esmero habitual, para crear el más bello cuadro del reino. Y aquel laborioso pintor, que no era más hábil ni tenía más talento que otros, superó a todos en fama gracias al cuidado y esmero que ponía en todo lo que hacía».

—Norma —me dijo el Universo—, es cierto que has tenido momentos de mucha paciencia, pero, a veces, tu paciencia se aburre y sale a pasear. Y como se encuentre con tu inseguridad tomándose alguna copita de más, ¡la fiesta está asegurada!

—¡Tienes una forma de explicar las cosas, Universo!

—Nos gusta ser originales para no aburrir a nuestros clientes más selectos —contestó con una gran sonrisa—. Charlie, por favor, la siguiente norma.

—Mantener una actitud mental positiva: como tu actitud está condicionada por tus pensamientos y tú eres la única que tiene la capacidad de cambiarlos, deberás eliminar de tu mente cualquier negatividad que te impida esforzarte por alcanzar tus metas.

—Ya tengo una actitud muy positiva —declaré.

—Pues en los últimos días parece haberse perdido por el camino —dijo mirándome fijamente.

—Seguir las señales —continuó Charlie—: la señal podrá venir desde cualquier lugar. Al principio, quizá te vuelvas un poco paranoica intentando encontrar tu mensaje, pero no pierdas el tiempo en buscarlo, él te encontrará a ti. Y lo hará bajo la forma que sea más adecuada, dependiendo del lugar donde estés en ese momento. La clave será mantenerse alerta, pues el mensaje hará su aparición cuando menos lo esperes.

—Muy bien, Charlie. Y ahora, vamos a por la última.

—Enseguida. Recibir tu sueño: el Universo solo responde a aquellos que están verdaderamente preparados para recibir, por lo que…

—… por lo que no moverá un dedo mientras no haya coherencia entre lo que pides y lo que sientes de verdad que te mereces —me adelanté a terminar la frase—. Ya te he dicho que conozco tus reglas.

—¡Pues a ver si las pones en práctica de una vez! —alzó la voz el Universo intentando hacerme al fin reaccionar.

—Mira, sé que tienes razón con todos tus argumentos, pero, cuando comencé a escribir, pensé que sería más fácil conseguir mi objetivo y, sin embargo, me siento agotada. Quizá no debería haber emprendido un proyecto tan difícil de realizar…

—Norma, sé que estás cansada, pero insisto: la impaciencia imposibilita mirar en la dirección adecuada. Y si haces las cosas con prisas, el resultado no será el esperado. A ver si te ayudo a verlo más claro: ¿recuerdas el sueño que tuviste el otro día y que te ayudó a interpretar tu terapeuta?

—¿También estabas presente ese día?

—Siempre lo estoy. Pero sigamos, no te distraigas. Le explicaste que en el sueño ibas paseando con Pablo y que él llevaba zapatillas deportivas, y tú, en cambio, unas chanclas; un calzado que no concordaba con la estación del año en la que se desarrollaba el sueño. Y le pediste hacer una carrera hasta casa. Pero, en cuanto os pusisteis a correr unos metros, te pidió que paraseis porque tú no llevabas el calzado adecuado y podías hacerte daño. Y en lugar de darle la razón, te enfadaste porque tú sí te veías preparada para seguir adelante. Pues bien, después de analizarlo, tu terapeuta te dijo esto: «Para poder correr bien y con seguridad, primero debes ir "bien calzada"». Y ya sabes por experiencia que los sueños sobre calzado tienen que ver con cómo caminas por la vida, y el estado o el tipo de calzado que llevas, con cómo lo haces. Entonces, el sueño te indicaba que deseas ir más rápido de lo que deberías hacia un objetivo que aún no está preparado para ser alcanzado con éxito.

Y mientras el Universo hablaba, algo inesperado vino a mi mente.

—Universo, creo que ya tengo la respuesta. Acabo de recordar algo que siempre dices: que mirar hacia dentro o mirar hacia fuera se puede convertir en la diferencia que te lleve al éxito.

—¿¿Y??

—Que puedo hacerlo mejor.

—¡Eso es! Cuando empezaste a escribir, lo hiciste lo mejor que supiste, con los conocimientos que tenías hasta entonces; pero, si lo que querías era conseguir ayudar a otras personas a reescribir sus vidas a través de tus propias vivencias, aún necesitabas tiempo hasta obtener la comprensión necesaria sobre ciertos aspectos. ¿Lo entiendes ahora?

—Totalmente… —respondí aliviada.

—Por eso te repetía continuamente que todo tenía un motivo. Sin embargo, tu ansiedad por conseguir tu objetivo no te dejaba ver que la razón por la cual eras rechazada una y otra vez por las editoriales no era porque no supieran leer o apreciar una buena obra, sino porque tu libro no estaba aún a la altura de lo que se esperaba de él.

—¡Esta manía de echar siempre la culpa a los demás! —intervino Charlie.

—En cambio, ahora ya tienes todo lo que necesitas: dispones de la propia experiencia y de la seguridad necesaria para expresarte siendo tú misma. Y todo ello, bien combinado, te va a ayudar a dar rienda suelta a una creatividad y a una imaginación sin límites, mezclando estilos y cuidando todos los detalles, tal y como has aprendido a hacer contigo misma. Y con un irresistible toque de buen gusto que proviene de la magia de mezclar el pasado con el presente.

—A veces, eres tan…

—¿Apuesto? ¿Encantador? ¿Irresistible?

—Exquisito.

—También —dijo riendo a carcajadas—. Norma, entiende ahora que yo nunca te dije que fuese fácil conseguir tu objetivo.

—Cuando me dijiste «Lo publicarás rápido», así lo deduje.

—Y ocurrirá cuando ambos estéis preparados. Es decir, tú y tu libro. Siento no poder aclarar algunos de los mensajes que recibís. Pero, a veces, hay que leerlos entre líneas y, sobre todo, no obsesionarse con ellos. También me gustaría que te dieras cuenta de que, si siempre me preguntabas si lo publicarías o no algún día y yo siempre te contestaba afirmativamente, quizá deberías haberme preguntado algo distinto, ¿no te parece? Por ejemplo, ¿a qué estoy esperando? ¿Le ocurre algo a mi libro? Y hubieras obtenido una respuesta que te hubiese llevado a indagar en él mucho antes.

—Tienes razón, Universo. No sé cómo no me he dado cuenta antes —dije contrariada.

—No te preocupes, es algo que ocurre a menudo. Y ahora que ya sabes el motivo, tómate el tiempo que necesites, sin prisas, porque todo llegará cuando tenga que llegar.

—Lo haré. Muchas gracias, Universo.

CAPÍTULO 11

Brillando con luz propia

«Cada vez que la noche caía y el cielo se volvía oscuro, un grupo de luciérnagas salían a volar y, mientras jugaban, mostraban sus maravillosos destellos de luz. Pero, entre todas las luciérnagas, había una muy pequeña que prefería esconderse en el hueco de un árbol mientras las demás se divertían. El comportamiento de la pequeña desconcentraba y preocupaba a sus compañeras, y, a pesar de que le insistían, no lograban que cambiara su actitud. Una noche, cuando todas habían salido a volar, la luciérnaga mayor se acercó a la pequeña y le preguntó:

»—¿Qué te ocurre? ¿Por qué no sales a disfrutar con nosotras?

»—Lo que pasa es que yo nunca voy a brillar tanto como la luna. Ella es majestuosa y su destello puede verse a millones de kilómetros, mientras que mi luz es tan tenue que apenas parece una chispita —contestó la pequeña.

»—Tu problema es que, al quedarte encerrada, no pudiste aprender algo muy importante. La luna no brilla siempre igual, algunas noches se la ve inmensa y parece un disco de plata en el cielo, pero otras pareciera que prefiere esconderse entre las nubes y desaparecer. Algunas veces crece y en otras oportunidades se hace diminuta, pero ella siempre se siente orgullosa de poder brillar, gracias a su amigo el sol —le replicó su amiga mayor.

»La pequeña luciérnaga empezó a batir sus alas y decidió volar, porque, al escuchar a su compañera, aprendió que todos somos diferentes y que lo importante es poder brillar cada uno con su luz propia».

Graciela Morales, *Brillar con luz propia.*

Voy caminando por la calle y entro en un restaurante japonés llamado Nyotaimori, donde los clientes comen *sushi* sobre el cuerpo de una mujer desnuda, para ofrecerme como una de sus chicas. Me tumbo en una de sus mesas bajas tapada con una bata blanca, y se acerca un chico que trabaja en el restaurante. Me mira con gesto de aprobación y después se marcha. A continuación, aparece otra persona que parece ser el dueño. En ese momento me quito la bata que llevo puesta y me quedo completamente desnuda, sintiéndome muy segura de mí misma y sin ningún tipo de pudor. Me observa fijamente sin decir nada y veo que hace un gesto de desaprobación. Al verlo, me levanto de la mesa, me vuelvo a tapar y me marcho mientras me digo a mí misma: «¡Pues, si no te gusta, me voy!».

Una vez fuera del restaurante, y mientras camino por la calle, de repente, veo a Marilyn Monroe que viene en mi dirección con muy mal aspecto. Su semblante es de desconsuelo. Lleva puesto un vestido blanco vaporoso recogido hasta la cintura, de forma que intuyo que no lleva ropa interior. Va muy despeinada y con el rímel corrido por su cara. Voy hacia ella, la agarro por un brazo y la acompaño hasta un banco. Le coloco bien el vestido, saco un pañuelo de mi bolso y le empiezo a limpiar la cara. Luego, me despierto.

—Significa la caída del mito —dijo el Universo.

—¿Cómo dices? —contesté.

—¡Tu último sueño con Marilyn!

—Lo siento, pero no comprendo a qué te refieres.

—La primera parte del sueño, en la que te muestras desnuda y sin ningún pudor, me indica que ya te sientes segura de ti misma, y sin importarte la aprobación de los demás.

—¿Y la segunda parte?... Qué extraño fue ver a Marilyn en él, y en ese estado.

—Bueno... —dijo mirando de reojo a Charlie—, con este sueño Marilyn ha querido mostrarte cuál era su verdadero estado emocional. El de una persona inestable, triste, infeliz... Y es que ese carisma que tenía, esa sonrisa cautivadora y esa sensualidad tan arrolladora fueron su mecanismo de defensa para intentar mostrar que era feliz, que todo iba bien, y conseguir que la gente la amase, porque, por encima de todo, necesitaba ser amada. George Barris, un fotógrafo con el que trabajó poco antes de su fallecimiento y que escribió un libro sobre ella, titulado *Conversaciones con Marilyn Monroe* (2016), dijo esto tras las largas conversaciones que mantuvieron juntos: «A veces presentía una sombra de tristeza. Una muchacha hermosa que había conseguido lo imposible. El sueño de toda belleza: la fama sobre un escenario. Podía ver cierta tristeza en sus ojos, aunque hubiese aprendido a sonreír como un payaso con el corazón roto. [...] Cuando terminaba una película, olvidaba el personaje y pasaba a otro, pero en la vida real esto era imposible. Quería hacer desaparecer su pasado, pero sabía que volvería, siempre retornaba».

—La verdad es que nunca hubiese imaginado que una estrella como ella tuviese un interior tan quebrado.

—Su dolor se lo impedía. Ya te lo dije. Por eso es tan importante curar las heridas. Si lo tienes todo (éxito, fama, dinero y todo tipo de cosas materiales), pero no eres feliz, no tienes nada, ¿lo comprendes?

—Claro. Totalmente…

—Y ahora voy a contarte algo que ella misma le dijo a George Barris sobre su sueño de convertirse en actriz algún día: «Trabajé siempre muy duro para conseguir ser actriz algún día. Y sabía que lo sería, que lo podría ser, manteniéndome firme y trabajando todo lo que pudiera, sin abandonar mis principios y estando orgullosa de mí misma».

—Estando orgullosa de sí misma… —repetí.

—Sí, esa fue una de sus claves para conseguirlo, y esa deberá ser siempre la tuya. ¿Y sabes otra cosa?

—¡Sorpréndeme!

—¡Marilyn también creía en mí! Así lo dijo en uno de tantos escritos y poemas que encontraron de su puño y letra. Le gustaba plasmar sus pensamientos sobre el papel, y en una de esas notas, compartida en el documental *Love Marilyn*, escribió: «Quiero vivir y de repente no me siento mayor, no me preocupa el pasado, salvo protegerme a mí misma, mi vida, y rezar desesperadamente, decirle al Universo que confío en él».

—¡Vaya, esto sí que no me lo esperaba!

—En realidad, nunca fuisteis tan distintas... Las dos habéis perseguido siempre las mismas cosas: superar vuestros fantasmas, sentiros amadas y cumplir vuestros sueños.

—Al fin y al cabo, detrás de la gran estrella que fue, siempre hubo una persona —dije.

—Cierto.

—Es increíble cómo alguien a quien he admirado tanto me haya podido ayudar a reflexionar a través de los sueños.

—¡Pues así es la vida!

—¿Sabes? Creo que con ese último sueño ha dado por finalizado el «papel» que debía interpretar para mí, respecto a la realidad que se escondía detrás de ella.

—¿A qué te refieres?

—Verás, Lena, una gran amiga mía y fiel seguidora de tus señales, me ha comentado hoy que hace un par de días soñó con ella y conmigo. Dijo que vio a Marilyn muy sonriente yendo en mi búsqueda para despedirse de mí. Luego, la vio subida en un tren de los antiguos, y a mí en el andén. Mi amiga cuenta que Marilyn me dijo por la ventanilla que se marchaba de vacaciones y que yo le pregunté: «Pero ¿cuándo vuelves?». «No estoy segura, pero me marcho feliz», me respondió ella.

—Pues sí, eso parece… Lo que me confirma que ya estás preparada.

—¡Qué bien suena eso! La verdad es que últimamente tengo una sensación de plenitud que no sabría explicar. Y lo mejor de todo es que algunas personas me dicen que me ven muy cambiada. Pablo, sin ir más lejos, me ha dicho hoy mismo que me ve radiante y mucho más feliz de lo habitual —dije con una sonrisa de oreja a oreja.

—Es que has realizado un gran cambio, y aún lo seguirás haciendo. Por lo que mi plan aún durará un poco más, con la intención de que se asienten bien todos esos cambios. Aunque yo daré por finalizada mi intervención en él.

—¿Tu intervención? —pregunté.

—Sí. Marta continuará sola. Pero seguiré en contacto con ella, por si cree necesaria mi intervención.

—¿A qué Marta te refieres? ¿A mi terapeuta?

—¡Sí, claro! Marta es uno de mis Mensajeros Especializados. Forma parte de mi Equipo Especializado. Su misión es llevar a cabo la transformación interior de las personas sacando a la superficie las sombras y creando mecanismos que os ayuden a cambiar y mejorar todos esos aspectos negativos que no os dejan evolucionar positivamente. Y la mía, además de guiar con mis señales, la de poner en práctica todo aquello de lo que, semana tras semana, os hacéis conscientes, para ayudaros a resolverlo.

—¿Que conoces a Marta y que trabaja para ti? —dije totalmente perpleja por lo que me estaba diciendo.

—¿Acaso creíste que fue casualidad que la eligieras a ella como guía? ¿No te extrañó que, después de cada sesión, te ocurriesen circunstancias que ponían a prueba aquello que habías tratado en ella?

—No, no me extrañó. Estabas llevando a cabo tu plan y sabía que me vigilabas, como haces siempre. Pero jamás imaginé que…

—Hemos coordinado juntos todas tus sesiones para que el resultado fuese lo más satisfactorio posible y para que no se alargasen más de lo previsto. ¡Es lo que se llama trabajar en equipo!

No salía de mi asombro. Mi terapeuta trabajaba para el Universo y ambos habían sido cómplices de mi transformación interior.

—¡Pero yo te seguiré necesitando! —le dije.

—Para este plan no.

—Entonces, ¿tú ya has terminado conmigo?

—Noooo, ¡no ves que no dejas de darme trabajo! Ya tengo a todo mi equipo empezando a diseñar tu próximo plan.

—¿Mi próximo plan? —pregunté—. ¿Y puedes adelantarme algo?

—Solo puedo decirte que se llamará el Plan de las Estrellas, que estará relacionado con la publicación de tu libro y que nada será casualidad…

—Me das un poco de miedo cuando me dices eso…

—No temas. Ya sabes que todo pasa por una razón. Pero insisto en algo que ya te he dicho muchas veces: todo estará planeado para que ocurra en el momento adecuado, no antes.

—¡Prometo no hacer más preguntas acerca de su publicación!

—¡Y yo prometo contestarte cuando lo vuelvas a hacer! —contestó guiñándome un ojo.

—¡Cómo me conoces! —dije riendo.

—Norma, aunque te cueste creerlo, tu libro te dará muchas satisfacciones, más de las que imaginas. Y no solo ayudarás a muchas personas a cambiar sus vidas con él, sino también a mí.

—¿A ti? —pregunté sorprendida.

—Sí. Llevaba tiempo buscando una «cara nueva» que me ayudase a darme a conocer a todo el mundo, y tú eres perfecta para ello.

—Así que se trata de una especie de intercambio, ¿es eso?

—Podríamos decir que necesito estar en lo más alto.

—¿Ansias de éxito? No, no es tu estilo…

—Pasión por mi trabajo. Ese es mi estilo. Aunque no lo creas, nunca he hecho nada con la intención de recibir ningún premio ni de sentir que soy el mejor en algo. A mí lo que siempre me ha motivado ha sido ayudar a las personas. Si las veo emocionarse, si las hago reflexionar sobre algo y provoco algún cambio en ellas, entonces me siento muy satisfecho. Y no necesito nada más. Ese debería ser también tu propósito.

—Claro…

—Por cierto, ¿ya has pensado cómo lo vas a titular?

—Sí. Había pensado titularlo *En busca de un sueño.*

—Se me ha ocurrido uno mejor: *Sueños cumplidos.*

—¡Mucho mejor, sin duda! —asentí feliz.

—Norma —dijo emocionado—, antes de marcharme, quiero que sepas que me siento muy orgulloso de ti por el gran esfuerzo que has dedicado a crearte una nueva vida. Me gustaría poder decir que todos mis planes salen como este. Pero no es así. Cada uno es libre de elegir el camino que quiere seguir, y tú elegiste cambiar.

—Muchas gracias, Universo. Realmente no puedo expresar lo que siento por ti y lo agradecida que estoy por ayudarme siempre que lo he necesitado —dije con lágrimas en los ojos.

—Gracias a ti por confiar en mí. Haces que todo el esfuerzo merezca la pena. Y ahora, para finalizar, voy a darte mi último consejo: sé tú misma, no te rindas nunca y, sobre todo, confía en ti.

—Gracias de nuevo. Lo tendré en cuenta. Bien…, ¿y Charlie? ¿Dónde está? También me gustaría despedirme de él. He acabado cogiéndole mucho cariño…

—He tenido que hacer un pequeño cambio de última hora en otro plan y lo tengo ocupado coordinando algunos departamentos, pero mañana tendrás la oportunidad de hacerlo personalmente.

—¿Personalmente? —repetí extrañada.

—Mañana lo entenderás… Hasta pronto, Norma. ¡Cuídate!

Algo más tarde…

—Señor Universo —dijo Charlie—, me ha gustado cómo ha acabado este plan. Sobre todo, por la intervención de Marilyn Monroe en sus sueños. ¡Eso sí que no me lo esperaba!

—Tuve que incluirla porque sabía que, a través de ella, conseguiría cerrar un capítulo muy importante en la historia de Norma. Además, Marilyn siempre fue una persona muy generosa. Y aunque al final las cosas no salieron bien para ella, siempre supo lo importante que fue su figura, no solo para Norma, sino para millones de personas. Por lo que, siempre que se lo pida, nos ayudará sin dudar.

—¡Encantadora, como siempre! —dijo sonriendo.

—Bien, Charlie, tus prácticas conmigo están finalizando y quería decirte que estoy muy contento y sorprendido por el progreso que he visto en ti durante todo el tiempo que has estado a mi lado. Tu intervención en este plan ha sido de gran ayuda para mí. Si sigues así, te auguro un futuro muy prometedor.

—Gracias, señor Universo, aunque estoy algo nervioso porque no estoy del todo seguro de estar suficientemente preparado para el examen final. Ya sabe lo exigente que es usted…

—Charlie, no olvides que nuestra misión es ayudar a las personas a hacer realidad sus sueños, por lo que nuestra responsabilidad es máxima. Y no podemos dejar que se nos escape ningún detalle. Por eso soy muy exigente. Así que espero que hayas aprendido bien cómo se diseña un plan personalizado y cómo hacer que las señales encajen con las circunstancias de cada persona para que todo salga a la perfección.

—Sí, creo que sí...

—Entonces, teniendo en cuenta que estás en tu último año de universidad, si superas la fase final, te licenciarás y formarás parte de mi Equipo de Colaboradores. ¿Ya has pensado en qué departamento te gustaría trabajar?

—Como ya le mencioné al principio del plan, mi gran sueño sería llegar a ser uno de sus Mensajeros Especializados.

—Charlie, llegar a formar parte de mi Equipo Especializado no es algo que se consiga tan fácilmente. Eso solo lo logran los colaboradores más expertos y después de un largo período de tiempo demostrando su valía.

—Lo sé, señor Universo. Pero ese es mi gran sueño y lo perseguiré hasta conseguir hacerlo realidad, cueste lo que cueste.

—Entonces, nunca dejes de soñar, pues, como sabes, a veces los sueños se cumplen con creces.

Y después de meditar unos segundos, le dijo:

—Charlie, vamos a concluir este plan. Primero, necesito que vayas preparando la cadena de mensajes que iremos poniendo a la vista de Norma, para anunciarle la llegada de su sueño más deseado. Y segundo, necesito que busques inmediatamente al Mensajero Especializado que utilizamos habitualmente para este tipo de finales. Tengo que darle instrucciones.

—Pues creo que no va a ser posible, señor Universo. Está ocupado con otros planes hasta finales de año.

—¿Cómo que está ocupado? Charlie, te dije que te encargases de incluirlo en este plan. ¡No puedo estar pendiente de todo! ¿Puedes contestarme qué hacemos ahora? ¡Todo está preparado! —gritó enfadado.

—Señor Universo… —contestó Charlie visiblemente nervioso—. No recuerdo que me dijese nada al respecto…

—¡No voy a perder el tiempo en discutir contigo ahora, así que te encargarás tú!

—¿Yo? —dijo angustiado por la responsabilidad que se le venía encima—. ¡Pero, señor Universo, nunca antes un colaborador, y mucho menos uno de prácticas, se ha encargado de llevar a cabo el final de ningún plan!

—¡Pues serás el primero! —exclamó rotundo.

«La noticia perfecta».
«Por fin voy a hacer mi sueño realidad».
«Todo va a salir bien».
«Comienza un camino apasionante».
«Cuenta atrás».

5
4
3
2
1

Me desperté, miré a mi alrededor y vi que estaba en la habitación de un hospital. Junto a mí estaba Pablo, mi marido, sentado y cogiéndome la mano.

—Hola, cariño —me dijo emocionado al ver que me despertaba—. ¡Pensé que te había perdido para siempre!

—¿Qué hago aquí? ¿Qué ha pasado? —pregunté.

—Cuando ayer volví a casa, te encontré llorando y fuera de ti. Solo conseguiste decirme que acababas de hablar con tu madre y que sentías una presión muy fuerte en el pecho. Intenté calmarte, pero, al ver que cada vez te ponías más nerviosa y empezabas a gritar, me asusté tanto que llamé a una ambulancia.

—No recuerdo nada —le dije totalmente perpleja por lo que me estaba contando.

—De camino al hospital —siguió relatando—, seguías fuera de ti y, antes de llegar, perdiste el conocimiento. Una vez aquí, te hicieron varias pruebas y el médico que te atendió me dijo que todo estaba bien, que solo se trataba de un ataque de ansiedad, y te suministró unos tranquilizantes. Pero, para quedarse más tranquilos, prefirieron dejarte toda la noche en observación y me permitieron quedarme contigo.

No comprendía cómo podía decirme que había llegado en ese estado cuando mi sensación física y anímica era tan buena. Me sentía muy relajada y con la impresión de haber dormido días, semanas o incluso meses. ¡Me sentía mejor que nunca!

—Pero —continuó—, a pesar de los tranquilizantes, te has pasado toda la noche hablando en sueños. A veces, entre sollozos y, otras, enfadada. Aunque, en ocasiones, también te oí reír.

—¿Y qué es lo que decía mientras soñaba? —le pregunté intrigada.

—Al principio nombraste a tu madre mientras llorabas desconsoladamente. Luego dijiste algo sobre que el Universo te ayudase, o algo así. También te oí mencionar a una persona llamada Marta y a un tal Charlie, creo, aunque no entendí muy bien lo que decías.

—No recuerdo nada —dije extrañada.

—Un enfermero estaba tan preocupado por ti que se ha pasado toda la noche entrando y saliendo para ver cómo estabas. Y después de vigilarte durante un rato, me decía lo mismo: «Todo está bien».

—¿Qué tal está la bella durmiente? —dijo el enfermero al entrar en la habitación—. ¡Menudo trabajo nos has dado esta noche!

—Bien, muy bien…

—Sí, se te ve totalmente renovada. Bien, pues voy a avisar al médico para que venga a verte.

Mientras esperaba su llegada, permanecí en silencio, intentando recordar algún detalle de mi sueño, sin conseguirlo.

—Hola, Norma. ¿Cómo te encuentras? —me preguntó el médico al entrar en la habitación—. Tu marido te trajo ayer en mitad de una profunda crisis de ansiedad. Delirabas y no parabas de llorar. Pero, a pesar del estado en el que llegaste, todas tus constantes vitales estaban dentro de lo normal, y las pruebas analíticas que te hicimos, también. Así que, viendo lo bien que estás, hoy te dejaremos marchar a casa. De todas formas, te recetaré algunos tranquilizantes, por si los necesitas, y en unos días ve a ver a tu médico de cabecera, para que te haga un seguimiento. Ahora, ya puedes vestirte. Mientras lo haces, te prepararé el informe de alta.

—De acuerdo, gracias…

Inmediatamente después de que el médico se marchase, volvió a entrar el enfermero.

—Antes de irte, voy a tomarte la tensión por última vez —me indicó mientras cogía mi brazo.

—Norma —me dijo entonces Pablo—, salgo un momento a llamar a tu madre. Se ha pasado toda la noche preguntando por ti. Estaba tan preocupada que no ha podido pegar ojo.

—Sí, por favor, dile que ya estoy bien, que luego la llamo yo.

Una vez a solas con el enfermero, que continuaba tomándome la tensión, alcé la vista y lo observé fijamente. Sonreía y desprendía una luz angelical con un aire de paz difícil de explicar. Miré la placa identificativa con su nombre, que decía: «Charlie. Enfermero». En ese momento, finalizó el proceso, dejó el tensiómetro a un lado y se sentó en el borde de la cama junto a mí. A continuación, metió su mano en el bolsillo de su bata, sacó una cajita blanca y me la entregó.

—¡Por favor, ábrela!

Lo hice totalmente extrañada, sin decir nada, y de su interior, forrado de terciopelo rojo, saqué una tarjeta con bordes dorados, clásica y elegante, que decía:

—Dale la vuelta.

Obedecí y leí:

> *Querida Norma,*
> *A veces, la felicidad llega del «lado» que menos esperas. Gracias por confiar en mí.*
>
> *El Universo*

—Norma —dijo entonces—, tu plan ha sido todo un reto para nosotros. Un largo e intenso camino de varios meses que te ha llevado a un mundo donde todo parece distinto a como lo veías antes. Tienes pensamientos nuevos; la comprensión ha entrado en tu vida; la queja constante y la ansiedad parecen disfrutar de su viaje al país de Nunca Jamás; por fin sientes el amor de tu madre; en tu interior reina la paz. Comienzas a vivir como una persona segura de sí misma, una persona que se siente valiosa y merecedora de todo lo que la vida está dispuesta a proporcionarle. Y lo más importante: una persona que se siente orgullosa de sus logros personales sin necesidad de esperar el reconocimiento de los demás. Realmente has sido muy valiente enfrentándote a un plan tan radical. Admiro la fortaleza que has demostrado durante todo este tiempo. Ha sido un verdadero placer haber podido realizar mis prácticas contigo y aprender tantas cosas junto a ti. Echaré mucho de menos «acompañarte» de compras —dijo con una gran sonrisa.

—¿El Universo? ¿Mi plan? ¿Mis logros? ¿De qué estás hablando? —pregunté visiblemente nerviosa.

—Poco a poco irás recordando cosas y lo entenderás todo. Ahora, ya puedes vestirte. Dejé dentro tus preciosos Jimmy Choo —dijo, señalando un pequeño armario que había junto al baño—. Tengo que decir que siempre tuviste buen gusto. ¡Ah! —exclamó cuando estuvo a punto de salir de la habitación—. En casa te espera una sorpresa que te va a hacer mucha ilusión. Desde hoy, se empieza a reescribir el guion de una vida donde cosecharás muchos éxitos.

—¿Estás preparada, cariño? —dijo Pablo al regresar a la habitación.

—Estoy preparada.

De regreso a casa en coche, intenté asimilar lo que acababa de ocurrir con el enfermero, mientras me esforzaba en recordar algún detalle de mi sueño, para ver si encontraba alguna respuesta en él.

—Pablo, solo he estado una noche en el hospital, ¿verdad?

—Sí, claro. ¿Por qué me haces esa pregunta?

—No, por nada.

Cuando llegamos, subí directamente a mi habitación a cambiarme de ropa y ponerme calzado cómodo. No comprendía cómo me había llevado al hospital con zapatos de tacón cuando mi podóloga me los había prohibido hacía meses. «¡Hombres!», pensé. Abrí el zapatero para dejarlos junto al resto de pares de interminables tacones y ponerme unas zapatillas de cordones, pero no había rastro alguno de ellas.

—Pero ¿dónde están? ¡Pablo! —grité desde la habitación—, ¿has visto mis zapatillas de cordones?

—¿Qué zapatillas? ¿Estás de broma? ¿Cuándo has tenido tú calzado de menos de diez centímetros?

Empecé a desesperarme por no entender qué le estaba ocurriendo a mi vida. ¿Se trataba de una broma? ¿Había estado realmente soñando?

Decidí tumbarme en la cama para intentar serenarme un poco y cerré los ojos. Y, de repente, empecé a ver una serie de imágenes que pasaban muy rápido, que empezaban en el hospital y terminaban en la llamada de teléfono que le había hecho a mi madre, la cual había iniciado todo mi cambio.

Las imágenes me mostraron unas secuencias muy dolorosas, donde mi vida emocional se descomponía por completo. Vi la desesperada petición de ayuda al Universo y mis largas conversaciones con él y con Charlie, su colaborador en prácticas, así como mis intensas sesiones de terapia con mi terapeuta, Marta, intentando curar el dolor que tenía dentro de mí. También mis inicios, llenos de lágrimas y angustia, y la reconfortante sensación de paz y serenidad a la que llegué al final. Eran tan reales que parecía haber estado viviendo una realidad paralela, donde mi vida se transformaba por completo.

Cuando las imágenes finalizaron, abrí los ojos y me quedé unos segundos más encima de la cama, totalmente inmóvil. Luego, me senté en el borde, metí mi mano en mi bolsillo, saqué la cajita blanca que me había entregado el enfermero (o, mejor dicho, Charlie) y volví a leer la tarjeta que llevaba dentro. Entonces, lo comprendí todo.

A continuación, me reincorporé y fui al salón, donde me di cuenta de que la luz del contestador automático parpadeaba. Lo puse en marcha para oír el mensaje que había en él y que decía lo siguiente: «Buenos días, soy Carolina Domínguez, de la Editorial Universal. Hemos leído el manuscrito que nos envió hace unos días y nos gustaría mantener una reunión con usted para hablar de su publicación con nuestra editorial. Por favor, póngase en contacto conmigo en cuanto pueda».

EPÍLOGO

Desde el Universo con amor

—Charlie —le habló el Universo—, nunca te dije que incluyeses ningún Mensajero Especializado para el final. Te mentí. Sabía que estabas suficientemente preparado para enfrentarte a una misión de ese tipo. Por eso quise ponerte a prueba y enviarte a ti. Estoy muy muy orgulloso por el gran trabajo que has hecho. Eres listo, directo, rápido, intrépido, ingenioso, con un estilo muy diferente a todos los colaboradores que tengo en mi equipo en este momento. Y eso me gusta mucho de ti. Y aunque a veces te gusta saltarte las reglas, sé que llegarás a ser uno de los mejores.

—Como dijo Coco Chanel, «el único modo de ser irreemplazable siempre es ser diferente» —contestó totalmente sorprendido por las palabras del Universo.

—A eso me refiero —asintió sonriendo—. Por lo que voy a hacer algo que no he hecho nunca hasta ahora con ningún colaborador recién licenciado. Aquí tienes —le dijo mientras le entregaba una cajita blanca que no le era desconocida.

La abrió procurando contener la emoción y, seguidamente, sacó la misma tarjeta que poco antes me había dado a mí, que decía: «Sueños cumplidos».

A continuación, le dio la vuelta expectante y leyó lo que había escrito en ella:

> *Querido Charlie:*
>
> *¡Lo has conseguido! Formarás parte de mi Equipo Especializado. ¡Enhorabuena!*
>
> *El Universo*

Después, extrajo de su interior el broche de las ansiadas alas doradas que confirmaban que se acababa de convertir en un Mensajero Especializado.

Charlie se quedó absorto, sin poder creer lo que estaba ocurriendo. Por fin había alcanzado la meta con la que siempre había soñado, el llegar a ser uno de esos ángeles divinos que trabajan para el Universo haciendo labores «especiales» cuando un determinado plan lo requiere y que pueden adquirir apariencia humana para asistir y servir «a pie de calle».

—¡Gracias! —contestó cuando pudo recobrar la voz. Se sentía absolutamente emocionado—. ¡Qué bonitas!

—¿Mejores que las de Victoria's Secret?

—¡Mucho mejores! —rio a carcajadas.

—Venga, vamos a tomar unas cervezas para celebrarlo. ¡Te invito!

—¡Claro! ¡Me encanta la cerveza!

—Y después haremos lo que mejor se nos da: ayudar a la humanidad a hacer realidad sus sueños para conseguir que sus vidas sean extraordinarias.

—¡Estoy deseando empezar!

Agradecimientos

A Marcos, mi marido, por confiar en mí desde el primer momento, por su paciencia y por ser siempre un caballero.

A todas mis amistades, por su apoyo constante. En especial, a Justa, Dolores y Antonia.

Gracias también a mi familia y a todas esas personas que, sin saberlo, habéis actuado de Mensajeros y me habéis ayudado a crecer como persona.

Y a ti, querido Universo, por poner en mi camino la extraordinaria experiencia de escribir este libro.